AF215473

Rapper MO 65

Ich danke Frau Haylo Karres, die mir im Gefängnis ermöglichte, dieses Buch zu schreiben und auch zu veröffentlichen.

Winterstein

Rapper MO 65

KNASTGESCHICHTEN

FSC
www.fsc.org
MIX
Papier aus ver-
antwortungsvollen
Quellen
Paper from
responsible sources
FSC® C105338

Bibliografische Information der Deutschen
Nationalbibliothek:
Die Deutsche Nationalbibliothek verzeichnet diese Publi-
kation in der Deutschen Nationalbibliografie; detaillierte
bibliografische Daten sind im Internet über
http://dnb.dnb.de abrufbar.

© 2017 Haylo Karres
Satz, Umschlaggestaltung, Herstellung und Verlag:
BoD – Books on Demand

ISBN: 978-3-7448-2632-7

Inhaltsverzeichnis

1.

Befreiungsschlag

Es fing in einer kalten Nacht an, als ich mich zu Hause in meinem Zimmer herumtrieb und mich fragte, ob ich noch mal rausgehen sollte, um mich mit meinem besten Freund RO zu treffen. Warum denn nicht?, dachte ich, nahm mein Handy aus der Hosentasche und wählte seine Nummer. Es klingelte und klingelte, er ging jedoch nicht dran. Also rief ich nach fünf Minuten noch einmal an, da es erst 21 Uhr war. Beim zweiten Mal ging er direkt dran.

„Ja", meldete er sich, „wer ist da?"

Ich antwortete mit fröhlicher Stimme: „Ich bin's, MO. Was geht bei dir ab? Hast du Bock rauszukommen und was trinken zu gehen?"

„Ja, warum nicht? Wo sollen wir uns denn treffen?", antwortete er.

„Lass uns in einer halben Stunde vor REWE treffen", schlug ich vor.

Nach einer halben Stunde erschien RO endlich und ich schlug vor: „Lass uns zwei Flaschen

Wodka kaufen und ein Päckchen Marlboro, und was meinst du, soll ich noch VBT und ISSO anrufen, ob die auch kommen wollen?"

Er war damit einverstanden und bemerkte noch: „Sag, sie sollen um 22 Uhr zu den zwei Spielplätzen kommen."

RO und ich begaben uns mit unseren Getränken zu den zwei Spielplätzen, ein Platz, an dem wir uns des Öfteren aufhielten, da zwei Spielplätze genau nebeneinanderlagen.

Gegen 22:30 Uhr erschienen endlich VBT und ISSO und stellten überrascht fest: „Oh Jungs, was geht hier ab? Ihr seid ja schon am Trinken."

Darauf ich mit etwas lauter Stimme antwortete: „Ja, ist normal, Bruder, mach dir und ISSO einen Becher voll und trinkt mit."

Bei dem anschließenden lauten Wortwechsel bekam ich plötzlich Lust, meine Exfreundin anzurufen. Ich holte mein Handy aus der Hosentasche, tippte ihre Nummer ein und musste feststellen, dass sie ihr Handy ausgemacht hatte. Da ergriff mich so eine Wut, die ich loswerden musste, so dass ich RO anfuhr: „Hey, wollt ihr mich verarschen, ihr Picos? Was ist los mit euch, warum redet ihr so Scheiße?"

RO schaute mich mit offenem Mund an und

fragte: „MO, was ist mit dir auf einmal los?"

Darauf ich ihm mit noch lauterer Stimme antwortete: „Nix, Mann, ich bin abgefuckt, da meine Caya nicht ans Telefon geht", und bat ihn: „Mach mir mal einen Becher voll."

„Warum lässt du das denn an uns aus?", fragte RO. „Wir chillen mit dir und trinken gemeinsam, Bruder", stellte er fest, wobei ich mich aggressiv an ISSO wendete: „Hey, Walhalla, Jungs, ihr fuckt mich alle grade ab."

ISSO mischte sich ein: „Was ist los mit euch, Mann?"

VBT versuchte zu schlichten: „Hey, MO, Bruder, chill doch mal ein bisschen. Wenn du so weitermachst, kommen noch die Bullen, Mann."

„Das ist mir egal", antwortete ich, „sollen die doch kommen."

Ich schlug mit der Faust gegen die Wand und der Schmerz danach lenkte mich von meinem Zorn ab, so dass ich mich beruhigte, jedoch zu spät, da die Polizei bereits angefahren kam. Zwei Polizisten stiegen aus und gingen auf uns Jugendliche zu.

„Mach keine Scheiße, MO", bat mich ISSO noch. „Mach das, was sie dir sagen."

Ich antwortete mit aggressiver Stimme: „Halt

deine Fresse. Das sind auch nur ganz normale Leute."

Die Polizisten kamen zu mir und grüßten freundlich: „Schönen guten Abend. Hier ist die Polizei. Das ist eine Personenkontrolle."

Darauf ISSO fragte: „Aus welchem Grund wollen Sie unsere Personalien haben, wenn ich mal fragen darf?"

„Es haben sich mehrere Anwohner über den Lärm aus Ihren Reihen beschwert. Man sagte uns, dass hier eine Person randaliere."

„Ich war das", meldete ich mich. „Und was wollt ihr jetzt machen? Gibt es ein Problem oder was?"

„Warum sind Sie so aggressiv?", fragte einer der Polizisten in einem ganz normalen Ton und bat mich: „Wir möchten von allen die Personalien haben, und diejenigen, die sich nicht ausweisen können, müssen leider mit auf die Wache kommen, damit wir eine Überprüfung vornehmen können."

Alle konnten sich ausweisen außer ISSO. „Mein Ausweis habe ich zu Hause vergessen", erklärte er.

Der Polizist stellte fest: „Dann müssen Sie uns leider auf die Wache begleiten, und zwar auf das fünfte Polizeirevier."

VBT und RO fragten: „Können Sie das nicht über Funk klären?"

„Tut uns leid, das geht nicht. Wir müssen Ihren Freund mitnehmen."

Darauf ich ISSO ins Ohr flüsterte: „Bleib einfach neben mir stehen. Wenn die dich festnehmen wollen, kläre ich das auf meine Weise."

Als dann die Polizisten ISSO aufforderten: „Würden Sie uns jetzt bitte auf die Wache begleiten?", antwortete ISSO: „Nein, ich komme nicht mit", schaute mich an und ich nickte.

Darauf der Polizist: „Sie müssen aber mit uns kommen, und wenn Sie sich weigern, werden wir Sie in Handschellen mitnehmen müssen."

Darauf ich laut lachte und zusah, wie der Polizist seine Handschellen rausholte. Als sie den Arm von ISSO nahmen und diesen auf den Rücken drehen wollten, sagte ich zu RO und VBT: „Rennt weg. Ich werde ISSO da rausholen."

„MO, das kannst du nicht machen, das sind Polizisten", gaben sie mir zu bedenken.

„Das ist mir egal", antwortete ich. „Geht jetzt und nehmt die Alkoholflaschen mit. Ich rufe euch in einer halben Stunde an", versprach ich und behauptete: „Das klappt schon."

„Pass auf dich auf", bat RO und beide rannten in den Park, wo sie die Dunkelheit verschlang.

Dadurch wurden die Polizisten abgelenkt, was ich ausnutzte und auf die beiden Polizisten mit lautem Geschrei sprang. Dem Ersten rammte ich meinen Ellbogen ins Gesicht, so dass der andere Polizist ISSO loslassen musste und auf mich zukam. Ich rief mit lauter Stimme: „ISSO, renne in den Park! Ich komm auch gleich nach!"

Der Polizist zog seinen Schlagstock und schlug mir gegen die Rippen. Ich schrie laut auf und trat mit voller Kraft gegen seinen Oberschenkel, so dass er kurz umknickte. Danach machte ich mich auch Richtung Park davon. In mir stieg ein komisches Gefühl auf, denn wenn die Polizei mich jetzt bekommen sollte, müsste ich heute Nacht in einer Zelle verbringen.

Nach einer Stunde fand ich ISSO mit RO und VBT auf einer Bank sitzend, und als ich bei ihnen eintraf, fragten sie: „Was ist denn passiert?"

Als ich mit meinem Bericht fertig war, stellten meine Freunde fest: „Du bist echt kaputt, dass du so etwas durchgezogen hast."

„Ja was sollte ich sonst machen?", fragte ich

zurück. „Sollte ich einfach zusehen, wie ein Freund festgenommen wird? Nein", behauptete ich, „so was kann ich nicht mitansehen."

„MO, danke, Bruder, dass du mich da rausgeholt hast, Mann. Auf dich kann man sich verlassen. Wenn du was sagst, dann hältst du auch dein Wort. Ein echt guter Freund", stellte IS-SO fest. „Vielen Dank, Bruder."

Darauf ich: „Du bist mein Freund, und es ist doch klar, dass ich dir bei so was helfe", und ich bat noch: „Kommt, lasst uns etwas trinken und danach nach Hause gehen. Der Abend mit euch war heute wieder stabil."

Zu Hause angekommen, bin ich in mein Bett gefallen und habe dabei noch mal überlegt, was ich da gemacht habe. Dabei bin ich zu dem Schluss gekommen, dass es nicht gut war, mich mit der Polizei anzulegen, und war dann doch so ehrlich zu mir selbst, dass ich selbst dran schuld wäre, wenn mich eines Tages die Polizei erwischt. Dann hätte ich halt Pech gehabt, tröstete ich mich, dass jeder irgendwann in jungen Jahren Scheiße baut, egal was, aber mit den Freunden draußen zu sein, machte einfach Spaß, und darauf wollte ich nicht verzichten.

2.

Meine Familie

Ich habe, wie jeder andere auch, eine Familie, mit Vater, Mutter sowie einer älteren Schwester und zwei älteren Brüdern. Meine Mutter ist eine deutsche Zigeunerin und mein Vater ein türkischer Zigeuner.

Meine Kindheit verlief ganz normal. Sie hat mir sehr gefallen.

Meine Mutter ist eine tolle Frau, die sich immer um uns Kinder gekümmert hat, egal was für einen Mist wir gebaut haben, so hat sie uns doch immer geholfen, wobei meine größeren Geschwister sie damals bei allem unterstützten, was mich als Jüngsten anbetraf.

Ich war grade mal knapp vier Jahre alt, als sich meine Eltern trennten. Ich weiß nicht warum, aber das ist ja auch egal, da ich nach der Trennung einen Stiefvater bekam, der mich mit meiner Mutter zusammen großzog. Mein Stiefvater hat sich liebevoll um mich gekümmert und wir haben viel miteinander unternommen.

Als ich irgendwann den Kindergarten verließ und mit sechs Jahren in die Grundschule kam, begleitete mich meine ganze Familie zur Einschulung, wobei meine Brüder auch auf die gleiche Schule gingen. Die Schule machte mir viel Freude, bis ich eines Tages, mit 14 Jahren, wegen meinem Verhalten auf eine Sonderschule kam.

Dort wurde ich immer aggressiver, obwohl es mir an nichts mangelte. Ich bekam alle Sachen, die ich mir wünschte. Mit 15 war es dann so weit, dass ich meine ersten Anzeigen erhielt. Aus heutiger Sicht muss ich gestehen, dass ich damals viel Scheiße gebaut habe.

Jedes Mal, wenn ich etwas angestellt hatte, redete meine Mutter mit mir und fragte, warum ich so etwas mache und ob ich Probleme hätte oder sonst was. Darauf ich ihr immer versicherte, dass alles okay sei.

Auch meine Brüder fragten mich, was mit mir bloß los sei, und ich versicherte ihnen immer und immer wieder: „Nix ist mit mir los."

Mit knapp 16 Jahren lernte ich dann ein Mädchen kennen, wobei ich sie am Anfang gar nicht so interessant fand. Nach ein paar Monaten klappte es dann doch und wir waren zusammen. Diese Beziehung ging fast zwei Jahre lang, wobei ich diese mit meiner Eifersucht belastete. Wenn ich heute darüber nachdenke, würde ich den Grund meiner Eifersucht darin suchen, dass sie meine erste Liebe war und ich ihre. Immer wenn wir uns gestritten haben, rief ich meinen besten Freund RO an, den ich bat: „Hey Bruder, lass uns was trinken gehen, ich habe wieder Stress mit meiner Freundin." Fast jeden Tag hatten wir Streit und so war ich auch jeden Tag draußen mit meinen Jungs am Trinken. Als ich dann besoffen war, habe ich mich mit meinen ganzen Aggressionen an anderen Leuten abreagiert. Es war nicht okay, was ich da gemacht habe, aber ich war so in meiner eigenen Welt vertieft, dass mir alles egal wurde. Und als ich dann in solche Situationen wie im ersten Kapitel kam, konnte ich mit meinen Aggressionen nicht umgehen. Irgendwann kam ich drauf, dass ich mich mit Musik ablenken konnte, und so kam es, dass, wenn ich nicht weiterwusste, ich mich mit der Musik abreagierte, so dass dies Verhalten zur Manie wurde. Meistens waren es Raplieder und manchmal auch Lieder über meine Freundin, wie es halt so ist, wenn man trinkt. Auf diese Weise habe ich auch mit der Musik an-

15

gefangen. Meine Eltern bekamen nicht mit, dass ich eigene Texte schrieb und sie dann auch aufnahm, und als ich betrunken war und keine Hemmungen mehr besaß, meine Lieder meinen Freunden vorgerappt habe. Meine Musik gefiel ihnen und so gaben sie mir den guten Rat, meine Musik doch aufzunehmen. Aus Angst, dass jemand einmal sagen würde: „Hey, deine Lieder sind scheiße", oder so was in der Art, behielt ich alle meine Lieder für mich. So kam es auch, dass mich meine Freunde „MO" riefen und damit mein Rappernamen „MO 65" wurde.

Meinen leiblichen Vater, der nach der Trennung von meiner Mutter in der Nähe geblieben war und einen Laden betrieb, wollte ich eines späten Abends besuchen. Ich war betrunken und dachte, er hätte bereits seinen Laden verlassen. Aber als ich dort ankam, saß er da und wusste sofort, dass ich nicht nüchtern war.

Er fragte mich: „Wo warst du? Und hast du was getrunken?"

Ich antwortete schnell, damit er mir nicht noch mehr Fragen stellte: „Ja, aber nur ein bisschen. Ich war auf einem Geburtstag."

Zum Glück glaubte er mir das. Im Bistro saßen noch andere Freunde von meinem Vater. Irgendwann sagte mein Vater: „Mach mal einen Beat und schnappe dir das Mikrofon."

Ich fragte: „Meinst du das im Ernst? Was soll ich denn rappen?"

„Ich weiß, dass du es kannst", behauptete mein Vater. „Du stellst das ja ins Facebook. Ich habe gesehen, wie viele Leute deine Lieder gehört und angelinkt haben."

„Okay", gab ich bereitwillig nach, ganz stolz, von meinem Vater gelobt zu werden. Mein Vater wollte, dass ich über die Vergangenheit rappe, also rappte ich von meiner Freundin, über die Streitereien und so ein Mist halt.

Die Freunde meines Vaters redeten weiter, so dass mein Vater mit lauter Stimme sie ermahnte: „Seid mal leise. Ich will meinen Sohn rappen hören."

Als es still wurde, machte ich den Beat an. Natürlich war es ein komisches Gefühl, vor fremden Leuten zu rappen, aber ich wollte meinem Vater zeigen, was ich kann. So legte ich los und rappte über Dinge, die mich gestört haben, mit allem Drumherum.

Als ich fertig war, klatschte mein Vater, und die andern Gäste im Bistro folgten ihm. Danach dachte ich: „Okay, wenn die das gut finden, warum soll ich mich schämen?" Also ging ich raus und fuhr zu meiner Freundin.

Ich sprach mit ihr, und was dann kam, war wie ein Schlag ins Gesicht. „Schatz", sagte sie, „ich weiß nicht mehr, was ich machen soll. Ich kann das mit uns zwei nicht länger ertragen. Wir haben uns auseinandergelebt und dabei jeden Tag Streit wegen deiner Eifersucht gehabt."

Darauf ich mit aggressiver Stimme: „Willst du mich verarschen? Willst du zwei Jahre in die Ecke schmeißen? Oder was ist mit dir los? Ich sehe das ja alles ein und kann an mir arbeiten. Gib uns also noch eine Chance", bat ich.

„Nein, das geht nicht mehr. Tut mir echt leid", wimmelte sie mich ab.

In dem Moment wurde mir klar, dass ich einen Menschen verloren hatte, der mir verdammt wichtig im Leben war, und so wurde ich von Tag zu Tag aggressiver. In der darauffolgenden Zeit rief ich sie immer wieder an und sie drückte mich immer wieder weg.

Voller Wut war ich in dieser Zeit mit Freunden unterwegs. Wir tranken viel und nahmen Drogen und ich hatte mit dem Leben abgeschlossen. Ich weiß nicht warum, aber ich dachte, meine Liebe wäre tödlich. Das Einzige, was in dieser Zeit geholfen hat, um für ein paar Stunden zu vergessen, war Musik zu machen, zu schreiben und alles, was dazugehört. Daneben habe ich schwarz gearbeitet, um Geld für Alkohol und Drogen zu verdienen.

In den nächsten drei Jahren rief ich sie jeden dritten Tag an, schrieb ihr SMS und bin zu ihr in die Schule gefahren, aber sie wollte nicht mehr mit mir zusammen sein, und so drohte ich ihr: „Wenn du einen neuen Freund haben solltest, schlage ich ihn, bis er nicht mehr zu dir zurückkommt." Ich weiß, dass diese Reaktion falsch war, aber was sollte ich mit meiner Wut anfangen?

Irgendwann wollte meine Mutter fort und ich wollte nicht mit. Ich wollte in Bibrich bleiben und sonst nirgendwohin.

„Mama", sagte ich, „ich habe hier meine Freunde, ich kenne jeden und die mich. Ich habe keinen Bock fortzugehen."

„Dann ziehst du halt zu deinem großen Bruder", beschloss sie, was ich akzeptierte.

So zog ich zu meinem Bruder, worauf meine Mutter meinem Bruder auftrug: „Pass auf, dass er keine Scheiße baut."

Mein Bruder versprach das, wobei er nix aus meinem Leben wusste, dass ich mich mit Leuten schlage und Drogen zu mir nehme. Er wusste zwar, dass ich Alkohol trank und Stress mit meiner Freundin hatte, und so brachte es auch nichts, als er mit mir sprach.

Eines Abends, bei meinem Bruder, hatte ich keinen Bock mehr, mir immer dieselbe Scheiße anzuhören, mach dies und mach das, so dass ich meine Tasche packte, er nix davon mitbekam, und zu RO fuhr, wo ich ein paar Wochen bleiben durfte.

In dieser Zeit hatten ich, ISSO und VBT im trunkenen Zustand mit sieben anderen Jugendlichen, die etwa alle im gleichen Alter wie wir waren, eine Schlägerei, wobei einer der Gegner durch einen Schlag gegen den Kopf zu Boden ging und bewusstlos liegen blieb. Damals hatte ich gerade das siebzehnte Lebensjahr erreicht.

Wir machten uns aus dem Staub, was nicht viel nutzte, denn irgendwann erwischten mich die Bullen doch und ich erhielt eine Anzeige wegen gemeinschaftlich verübter schwerer Körperverletzung. Es war mir aber so egal, was da rauskam, da ich der Meinung war, dass die Obrigkeit nichts unternehmen würde, außer mich zu ermahnen, da es mein erstes Gerichtsverfahren war.

Am nächsten Tag traf ich RO und bemerkte: „Bruder, was wollen wir denn machen? Mir ist so langweilig."

Darauf Ro: „Hast du nicht was vergessen?"

„Nein, warum?", fragte ich zurück.

„Du hast doch heute einen Termin bei der Kripo wegen der Körperverletzung seinerzeit."

Zum Glück hatte RO mich an diesen Termin erinnert, den ich in meinem Krauskopf völlig vergessen hatte. Also ging ich zur Kripo, um meine Aussage zu machen.

Als ich nach einer Stunde dort ankam und klingelte, machte mir ein Beamter auf, und als ich ihm sagte, dass ich bei Herrn Frank einen Termin habe, durfte ich rein.

Herr Frank wartete im ersten Stock bereits auf mich. Wir gingen zu ihm ins Büro, wo er mich mit der Schlägerei vor dem Club konfrontierte und mich aufforderte: „Haben Sie etwas dazu zu sagen?"

„Nein", sage ich, „ich mache keine Aussage."

„Okay", sagte er darauf, „wir werden uns später bei Ihnen melden."

Draußen wartete RO auf mich, und als ich ihm vom Gespräch berichtete, fragte er: „Warum hast du denn keine Aussage gemacht?"

„Warum soll ich denn aussagen? Das geht

doch so oder so vor Gericht", behauptete ich.

Danach wollte ich nur noch was essen und nach Hause gehen. Der Besuch bei den Bullen hatte mich deprimiert.

Aber dann kam doch alles anders, als ich dachte, denn meine Exfreundin lief mir über den Weg. Aggressiv lief ich auf sie zu und schrie: „Willst du mich verarschen? Seit ein paar Monaten ruf ich dich an und du drückst mich immer fort."

Erschrocken fragte sie: „Was ist los mit dir? Was willst du denn von mir? Wir sind nicht mehr zusammen. Also lass mich endlich in Ruhe."

Darauf ich sie wütend beleidigte. „Scheiß auf dich", sagte ich und drehte mich zu RO um. „Komm mit. Ich brauche jetzt etwas zu trinken."

Im Getränkemarkt holten wir zwei Flaschen Wodka und vier Jack-Dosen, mit denen wir uns in den Park begaben, wo wir uns auf eine Bank setzten und die Flaschen leerten. Danach liefen wir betrunken durch die Stadt.

Irgendwann ging ich aggressiv auf einen Mann zu. „Hey, gib mir mal eine Zigarette", forderte ich ihn auf.

„Ich rauche nicht", antwortete der.

„Willst du mich verarschen", fragte ich ihn drohend, „oder was ist los mit dir?", und befahl: „Dann gib mir dein Handy." Als der Mann sich weigerte, zog ich ein Messer und drohte: „Ich steche dich ab, wenn du mir dein Handy nicht gibst." Ich wartete seine Reaktion nicht ab, sondern schlug ihm mit der Faust auf den Kiefer, so dass er zusammenklappte. Danach nahm ich ihm sein Handy und Geld ab, gab ihm noch einen Tritt gegen den Kopf, bevor ich mich davonmachte.

Ich weiß nicht, was damals in mich gefahren war. Ich konnte einfach nicht mit meinen Aggressionen umgehen. Natürlich hatte ich wieder eine Anzeige am Hals mit schwerem Raub, Waffenbesitz, Körperverletzung, Beleidigung und Drohungen. Ich weiß, dass das falsch war, aber der Hass auf meine Freundin, gepaart mit Alkohol, ließen mich hemmungslos werden. In dieser Zeit besuchte ich keine Schule und suchte mir auch keine Arbeit. Niemand aus der Familie bekam das mit, außer RO, mein bester Freund, dem ich alles erzählte. Er wusste alles von mir und hat mich auch bei niemandem verraten. Stattdessen wollte er, dass ich mir eine Arbeit suche und meine Ex vergesse. Letzteres hatte ich versucht, aber es ging nicht.

Ich liebte sie einfach zu sehr. Zu meiner Mutter wollte ich auch nicht, also blieb mir nix anderes übrig, als bei meinem Freund RO wieder zu übernachten. Meinem großen Bruder erklärte ich, dass ich bei einem Freund untergekommen sei.

Meine Mutter, mit ihren Sorgen um mich, tat mir leid, daher rief ich sie jeden Tag an und sie fragte mich immer, ob bei mir alles okay sei.

„Ja, bei mir ist alles okay", versicherte ich ihr, „ich geh auch arbeiten und mache dies und das."

Darauf bat sie: „Bitte mach keine Scheiße, und wenn was sein sollte, ruf mich an. Und wenn du bei mir wohnen willst, dann hole ich dich ab."

„Mama", bat ich, „mach dir keine Gedanken. Mir geht es so weit ganz gut. Ich komme schon zurecht bei meinem Bruder."

„Okay", sagte sie beruhigt und ermahnte mich: „Trink keinen Alkohol und halte dich an die Regeln", und als sie am Schluss einmal ankündigte: „Ich komme in drei Tagen dich besuchen", fiel mir doch alles aus dem Gesicht.

Nach solch einem Gespräch bin ich mit meinem Freund VBT in den Schlosspark chillen gegangen. Dort angekommen rief ich meine beste Freundin Gina an, fragte, ob sie was vorhabe, und wenn nicht, ob sie zu uns kommen wolle.

„Okay", sagte sie, „ich bin in einer Stunde da." Gina kannte ich seit fünf Jahren, sie hatte auch die ganze Sache mit meiner Exfreundin mitbekommen. Zusätzlich wollte sie mich vom Trinken und den Drogen abhalten. Sie war wie eine Schwester zu mir.

Wir warteten also auf der Wiese auf Gina, als VBT mich fragte: „Ey MO, kann ich mir eine Zigarette von dir nehmen?", und da ich mir gerade die Füße vertrat, bat ich ihn, sich eine aus meiner Jacke zu nehmen. Er griff in meine Jackentasche und zog ein Päckchen Koks heraus. „MO, was ist das für eine Scheiße?", fragte er mich entsetzt. „Warum nimmst du so was? Bist du denn ein Junkie, oder was ist los mit dir?"

„Hey VBT, Bruder", versuchte ich abzuwiegeln, „ich habe das einmal genommen, Mann." Darauf fragte er: „Warum? Und von wem hast du das?"

„Du weißt doch, Bruder", versuchte ich ihm zu erklären, „ich kann seit ein paar Tagen nicht mehr klar denken. Alles wegen meiner Ex. Das da ist von einer Feier, und da war so ein

Junge auf der Toilette, und als ich sah, was der machte, habe ich ihn gefragt: Kannst du mir mal was geben? Und jetzt bin ich hier."

„Bruder, du brauchst so einen Scheiß nicht. Und warum redest du nicht mit mir?" VBT redete eindringlich auf mich ein: „Du weißt doch, dass ich für dich da bin."

Darauf warfen wir den Koks in den Müll, und dann kam schon Gina mit Jack-Dosen. Anschließend unterhielten wir uns über meine Ex und über den Gerichtstermin: „Ja, Bruder, stimmt, wir haben ja bald den Gerichtstermin", stellte VBT fest. „Hoffentlich kommen wir beide da gut raus."

Am späten Abend verzogen sich dann alle nach Hause und ich fuhr zu meinem Bruder, weil ja meine Mutter kommen wollte.

3.
Erste Verurteilung

Ich lag in meinem Bett, als meine Mutter an der Tür klingelte. Mein Bruder machte auf und von meinem Zimmer aus hörte ich sie sprechen: „Wo ist dein kleiner Bruder?", fragte sie.

„Er schläft, aber er muss gleich aufstehen."

„Warum muss er denn gleich aufstehen?", fragte sie erstaunt.

„Er hat einen Gerichtstermin."

„Warum denn das? Was hat er denn gemacht? Ich habe dir doch gesagt, passe auf ihn auf", stellte meine Mutter vorwurfsvoll fest.

„Ich habe den Brief auch eben erst gesehen", versuchte sich mein Bruder zu verteidigen. „Was soll ich denn machen? Er ist die ganze Zeit nicht da. Gestern Abend kam er spät nach Hause und seitdem liegt er im Bett."

„Wo war er denn? Gestern haben wir telefoniert, auf meine Frage, ob alles okay sei, meinte er: Alles okay, Mama, und als ich ihn fragte, ob er bei dir sei, sagte er ja."

Darauf mein Bruder: „Keine Ahnung, was mit dem los ist. Er hat Stress mit seiner Freundin

27

und die beiden sind auch nicht mehr zusammen."

Als ich mich langsam zu ihnen ins Zimmer gesellte, fragte meine Mutter sofort: „MO, ich habe gedacht, dass alles bei dir okay sei. Warum hast du denn einen Gerichtstermin?"

Danach erzählte ich dann beiden alles. Von meiner Exfreundin und was ich alles gemacht habe. Als ich fertig war, sagte ich zu meiner Mutter: „Mama, ich habe keine Ahnung, warum ich so aggressiv werde, wenn es um meine Ex geht."

„Willst du zu mir ziehen?", fragte sie darauf.

Ich verneinte, und so fuhren wir zu dritt zu meinem Gerichtstermin.

Im Gerichtsraum setzten sich mein Bruder und meine Mutter hinter mich, und dann erschien eine Richterin, der Staatsanwalt und VBT, und wir machten unsere Aussagen. Anschließend mussten wir den Raum verlassen, damit die Richterin sich das Urteil überlegen konnte. Nach 30 Minuten holte man uns wieder rein und VBT bemerkte: „Jetzt geht's los", worüber ich lachen musste.

Die Richterin sagte: „Erheben Sie sich", und wir standen auf. „Im Namen des Volkes werden Sie, Herr VBT, mit 50 Sozialstunden verurteilt, die Sie innerhalb von zwei Monaten absolvieren müssen."

An mich gewandt verkündete sie: „Im Namen des Volkes verurteile ich Sie, Herr MO, zu 165 Sozialstunden, wozu Sie sechs Monate Zeit haben, diese abzuarbeiten."

Anschließend durften wir uns wieder setzen und sie fragte noch: „Wollen Sie noch ein letztes Wort haben?"

VBT sagte nein, und als sie mich fragte, antwortete ich: „Ja, was ist das hier für eine Scheiße, mir 165 Stunden zu geben wegen einem Schlag ins Gesicht?"

„Herr MO", antwortete darauf die Richterin, „die Person ist bewusstlos zu Boden gefallen."

Darauf ich: „Ja, ja, egal. Kann ich jetzt gehen?"

Draußen sagte ich zu VBT: „Bruder, wir sehen uns später."

Er war damit einverstanden und stellte fest: „Zum Glück sind wir da noch gut rausgekommen."

Meine Mutter schaute mich an und verkündete: „MO, jetzt suchen wir dir eine Stelle, wo du deine Arbeitsstunden abarbeiten kannst."

Also fuhren wir von dort aus mit dem Auto in eine Gärtnerei, wo ich meine Geschichte erzählen musste und fragte, ob ich meine Strafe bei ihnen abarbeiten dürfe.

Als sie das bejahten, sagte meine Mutter: „MO, ich muss wieder zurück zu meiner Arbeit. Bleib hier und arbeite nun deine Strafe ab und mach keine Scheiße. Ich komme in zwei Wochen wieder."

Als ich nach ein paar Monaten VBT wieder traf und er mir mitteilte: „Bruder, ich bin fertig mit meinen Arbeitsstunden", musste ich gestehen, dass ich nur vier Stunden abgearbeitet hatte.

„Warum denn das?", fragte er mich.

„Keinen Bock, Mann", stellte ich fest. „Jedes Mal hingehen, um dies und das zu machen."

„Nicht, dass du einen Jugendarrest erhältst", gab er zu bedenken.

Nach ein paar Wochen erhielt ich tatsächlich den Bescheid: „Herr MO, weil Sie Ihren auferlegten Arbeitsstunden nicht nachgekommen sind, müssen Sie am 29.05.2014 einen vierwöchigen Jugendarrest antreten."

Darauf rief ich sofort meine Mutter an und musste ihr beichten, dass ich mich vor den Arbeitsstunden gedrückt hatte. Meine Mutter wurde sauer, wobei ich bereits am nächsten

Tag den Arrest antreten musste. Meine Mutter trommelte für den Abend die ganze Familie zusammen, wo wir beim Abendessen meine Lage besprachen. Auf jeden Fall sollte ich mir in diesen vier Wochen Gedanken machen, empfahl mir die Familie, wie es mit mir weitergehen solle.

Nachdem dann alle wieder nach Hause gefahren waren, bat ich meine Mutter, mich in Bibrich abzusetzen, wo ich mich noch von meinen Freunden verabschieden wollte. Ich wollte grade aus dem Auto steigen, als meine Mutter mir noch den Rat gab: „Hoffentlich lernst du jetzt daraus und schätzt danach die Freiheit."

„Ja, Mama. Tut mir leid, was ich gemacht habe, und werde im Arrest über meine Zukunft nachdenken."

Darauf mein Bruder versicherte: „Mutter, mach dir keine Gedanken. Ich werde ihn morgen da hinfahren und rede noch mal mit ihm."

Als ich mich dann zu meinen Freunden begab, die sich alle auf dem Sportplatz versammelt hatten, erhielt ich auch von denen den Rat: „Bruder, mach keine Scheiße und pass bloß auf dich auf. Wir werden dir auf jeden Fall alle schreiben und sind für dich da. Wir vergessen

31

dich auch nicht. Wir werden an dich denken."

Da wurde ich doch ein bisschen traurig. Mit RO rauchte ich noch einen Joint und wir tranken Alkohol, bis wir betrunken waren. In diesem Zustand erzählten wir uns Geschichten von früher. Wir lachten die ganze Nacht zusammen, und als ich nach Hause zu meinem Bruder kam, meinte der: „Pack schon mal deine Sachen zusammen, da du dich morgen um elf Uhr im Gefängnis melden musst. Ich fahr dich hin."

Danach saßen wir im Wohnzimmer und redeten über alles Mögliche, bis wir uns gegen drei Uhr morgens schlafen legten.

Am nächsten Morgen verschliefen wir beide, so dass wir erst um elf Uhr von zu Hause fortkamen.

„Bruder, gib mir mal dein Handy", bat ich ihn, als wir endlich im Wagen saßen, „ich will noch mal Mama anrufen." Als sie abnahm, teilte ich ihr mit: „Ich bin jetzt auf dem Weg in den Jugendarrest", worauf sie mir den guten Rat gab: „Bitte mach da drinnen keine Scheiße, halte dich an die Regeln und pass auf dich auf. Wir sehen uns bald wieder", und sie versprach: „Ich werde dich abholen kommen."

Mein Bruder schaute mich an und stellte fest:

„Scheiße. Wie fühlst du dich?"

Danach wurde es mir immer schlechter und ich bat ihn daher: „Lass uns wieder zurückfahren. Ich will da nicht hin und habe auch keinen Ausweis dabei. Fahr mich lieber morgen, da wir sowieso zu spät sind."

„Mach dir keinen Kopf", versuchte er mich zu beruhigen, „du schaffst es schon. Schau mal, wenn du jetzt nicht hingehst, so musst du früher oder später doch die Strafe absitzen."

Nach einer halben Stunde verkündete ein Schild: Noch 2 Kilometer Jugendarrest.

Wir hielten an einem großen Gebäude, das mit Stacheldraht gesichert wurde. Auf dem Parkplatz rauchten wir noch eine Zigarette, und ich bat meinen Bruder, mir zu schreiben, was er mir auch versprach. „Auf jeden Fall schreibe ich dir. Du schaffst das", versuchte er mich zu trösten. „Du bist doch mein kleiner Bruder."

Darauf nahm er mich noch mal in den Arm und riet mir: „Bleib stark und lass dir nix gefallen, okay? Geh nun rein, wir haben bereits zwölf Uhr."

Darauf griff ich nach meiner Tasche und bat ihn noch einmal: „Sag Mama, dass ich sie lieb habe und wir uns alle bald wiedersehen werden."

4.

Jugendarrest

Ich klingelte vor dem großen Tor.

„Wer ist da?", fragte jemand dahinter.

„Hier ist MO", antwortete ich, „ich muss hier meine Strafe absitzen."

„Sie sollten doch um elf Uhr da sein", stellte der Beamte fest.

„Ja", gab ich ihm recht, „ich stand im Stau."

Es rauschte, ich drückte gegen die Metalltür und ein Beamter empfing mich. In der Aufnahme saß eine Frau, die mich nach meiner Herkunft fragte.

„Türkisch-deutsch", sagte ich.

In einem anderen Gebäude bat man mich: „Bitte alle Sachen aus Ihrer Tasche auf den Tisch legen." Danach schmiss einer der Beamten meine Tasche in einen Schrank.

„Haben Sie keinen Respekt vor meinen Sachen?", fragte ich darauf erbost. „Oder was ist los mit Ihnen? Gehen Sie mal normal mit meiner Tasche um, oder es ist was los."

Er schaute mich nur an und befahl: „Ziehen Sie Ihre Sachen aus."

„Warum sollte ich das denn machen?", fragte ich.

„Wegen einer Kontrolle", wurde ich aufgeklärt.

Ich zog mich bis auf meine Boxershorts aus und der Beamte forderte mich auf: „Bitte nackt."

„Ihr wollt mich wohl verarschen", stellte ich fest und zog mich dann doch komplett aus. Danach musste ich in die Hocke und husten. Man drückte mir einen Wäschekorb für meine Sachen in die Hand und sie behielten meine Tasche in ihrem Schrank. Man beförderte mich auf einen Gang, wo ich vor der Tür 341 warten sollte. Nach einer Weile erschien ein Beamter, der mir ein Buch in die Hände drückte und die Tür 341 aufschloss, was meine zukünftige Zelle werden sollte. Ich packte meine Kleider und Schuhe in den Schrank und sah mich in der Zelle um. Das Bett war aus Eisen, die Matratze dünn und das Kissen sehr klein.

Morgens um sechs Uhr hieß es aufstehen und Bett machen. Danach musste ich auf einem Holzstuhl warten. Keine Ahnung, was das für Regeln waren, da man erst um zwölf Uhr die

Zelle wieder aufsperrte, um mir das Mittagessen zu bringen. Daher legte ich mich nach einer Weile auf den Boden und schlief auf meinen Sachen weiter. Als dann um zwölf Uhr die Zelle geöffnet wurde, musste ich die Treppen runter, und dann sah ich die anderen Gefangenen. Sie saßen an einem Metalltisch, vor ihnen ein Metalltablett, auf dem ihr Essen stand. Also nahm ich mir auch ein Tablett, stellte mein Essen drauf und verschwand wieder in meine Zelle, worauf die Zellentür abgeschlossen wurde.

Um 15 Uhr kam der Hofgang, wo wir eine Stunde lang im Kreis laufen mussten. Danach ging es wieder zurück in die Zelle, und um 16:30 Uhr durfte ich mit vier Leuten zusammen fünf Minuten duschen gehen. Danach hatte ich eine Stunde Freizeit, da konnte ich ein bisschen TV schauen, Billard spielen oder mich mit den anderen Gefangenen unterhalten. Und das tagein und tagaus.

Irgendwann erhielt ich einen Brief von meiner Mutter, der mich sehr berührte. Nach vier Wochen hatte ich mich an den Alltag im Knast gewöhnt, und da war es auch so weit, dass ich entlassen wurde.

Ich säuberte meine Zelle, packte meine Sachen

zusammen und ein Beamter verabschiedete mich mit den Worten: „Wir beide werden uns wiedersehen."

Meine Eltern, die auf dem Parkplatz auf mich warteten, nahmen mich in den Arm, und auf der Heimfahrt erzählte ich von den vier Wochen im Knast.

Zu Hause aß ich etwas Gutes. Danach wollte ich wieder zu meinem Bruder. Auf die besorgten Fragen meiner Mutter beruhigte ich sie mit den Worten: „Mama, mach dir keinen Kopf. Ich habe meine Lektion gelernt."

Von meinem Bruder aus machte ich mich sofort wieder zu meinen Freunden auf, wo wir unser Wiedersehen feierten. Na ja, im Nachhinein muss ich zugeben, dass ich mich nicht wirklich verändert hatte. Mit Alkohol im Blut bauten wir nachts wieder Scheiße und ich war wieder mit meinen Gedanken bei meiner Ex.

Beim Schreiben dieses Buches muss ich feststellen, dass ich niemals gedacht hätte, so viel Scheiße nach dem Arrest zu baue

5.

Video

Es war ein warmer Tag, die Sonne schien, als ich im Park auf einer Bank saß und auf meinem Handy Musik hörte. Mein Kopf war wieder voll mit Fragen, so dass ich fast verrückt wurde und mich fragte, was ich dagegen tun könnte. Ich nahm einen Stift und ein Papier aus meiner Tasche und schrieb auf, was mir durch den Kopf ging. Was ich denke, wie ich mich fühle und wie es mit mir weitergehen soll. Dann rappte ich noch sieben Zeilen dazu, und als mir mein Werk gefiel, rief ich RO an.

„Hey Bruder. Ich habe einen neuen Text geschrieben und möchte daraus ein Video machen."

„Okay", antwortete der, „ich komme vorbei. Wo bist du denn?"

„Im Park, da wo wir immer sind, bei den weißen Bänken."

Danach rief ich einen anderen Freund an, den wir Keto nennen. „Hey Keto", begrüßte ich ihn. „Alles klar? Ich bin's, MO. Was machst du so? Hast du heute Zeit?"

„Oh ja", antwortete er. „Was geht ab?"

„Ich habe einen neuen Text geschrieben, den ich aufnehmen will, um ein Video draus zu machen."

„Wie kann ich dir helfen?", fragte er, und ich fragte zurück: „Du hast ja noch deinen Roller, oder?"

Nach einer Weile trafen RO und Keto ein und wir organisierten vom Onkel zwei Batterien für die Boxen. Kevo brachte seinen Roller mit und wollte auch noch eine Kamera organisieren.

„Wo willst du dein Video drehen?", fragte RO.

„Ich dachte an das Rheinufer, und zwar an dem Muschelstrand", schlug ich vor. „Vorher muss ich jedoch was trinken", stellte ich fest, „ansonsten trau ich mich nicht."

„Warum?", fragte RO. „Dein Text ist gut und alles ist okay."

„Du kennst mich doch. Ich muss mir Mut antrinken", behauptete ich.

Also gingen wir gemeinsam zum Getränkemarkt und holten uns eine Flasche Wodka, die wir dann gemeinsam austranken. Auf dem Weg dahin trafen wir noch fünf andere Leute, die auch dabei sein wollten.

Ihr müsst euch vorstellen, dass der Muschel-strand wie eine kleine Insel ist, voller Sand und Muscheln, mit einer schönen Aussicht auf das Wasser und damals noch mit einem tollen Sonnenuntergang. Dort angekommen, nahmen wir die Boxen und versteckten sie im Sand. Ein paar lange Palmblätter, die wir neben mich in den Sand steckten, sollten die Karibik her-aufbeschwören. Bis jetzt hatte ich für die gan-ze Angelegenheit keinen Cent ausgegeben.

Die Aussicht war hervorragend und alles pass-te. Dann ging es endlich los, wobei ich noch hinter mir ein Lagerfeuer anzündete und das Kommando gab: „Okay, Bruder, es kann los-gehen", sagte ich zu Kevo. „Und vergess nicht, dass du den Sonnenuntergang auf dem Film hast, so wie das Wasser mit der Brücke im Hintergrund."

Ein rotes Hemd und eine Jeans, die ich trug, rundeten das Bild ab.

Ich fing an zu rappen und Keto nahm alles auf, genau so, wie ich mir das vorgestellt hatte.

Nach zwei Stunden waren wir fertig und RO stellte fest: „Bruder, Walhalla, das war sehr gut. Mach weiter so."

Die anderen bestätigten das, worüber ich glücklich war.

Später schnitt Kevo das Video zusammen, und ohne mir etwas zu sagen, stellte er es ins Facebook. Nach vier Tagen bekam ich es zufällig zu sehen und war erst einmal geschockt. Niemals hätte ich damit gerechnet, dass so viele Leute es gut finden würden. Die ganzen Aufrufe und Kommentare waren positiv und kein einziger negativ. So beschloss ich weiterzumachen mit der Musik, jedoch diesmal etwas professioneller, in einem Tonstudio, wofür ich kein Geld besaß. Ich war so glücklich, dass ich mich so richtig frei fühlte. Ich dachte nicht mehr an die ganzen Probleme, die ich hatte, sondern nur, dass ich was erreichen wollte. Man kann das nicht beschreiben. Es fühlte sich einfach nur noch gut an, was jedoch nicht lange anhalten sollte, denn als ich Tage später im Zug aus dem Fenster sah und meine Freundin sich wieder in meine Gedanken schlich, rief ich RO an, um mich abzulenken.

„Hey Bruder, alles klar?", fragte er, als er dranging.

„Bock, was zu machen?", fragte ich, und er antwortete: „Ja. Wo bist du denn gerade?"

„In Mainz, am Hauptbahnhof."

„Okay", sagte er, „wo wollen wir uns treffen?"

„Lass uns am Brückenkopf treffen, so in

20 Minuten kann ich da sein."

Auf dem Weg dahin kaufte ich eine Jacky-Flasche und Cola, und als ich mich dem Brückenkopf näherte, sah ich von Weitem RO auf einer Bank sitzen.

„Was hast du da in der Tüte?", fragte er, als ich bei ihm ankam.

„Was zum Trinken", antwortete ich. „Lass uns mal über die Brücke laufen", bat ich RO, „ich habe dir was zu erzählen."

RO wusste mit dieser Ansage sofort, was mit mir los war.

Auf der Brücke angekommen blieb ich stehen, schaute gradeaus und sagte: „Hier hat alles angefangen mit meiner Freundin."

RO wurde nervös und bat mich: „Komm, wir gehen runter an den Rhein, fort von der Brücke."

Unten angekommen, sah mich RO von der Seite her an und fragte: „Bruder, geht es dir gut? Hast du irgendwas?"

„Mann, ich kriege meine Ex nicht aus dem Kopf."

RO redete danach eindringlich zwei Stunden auf mich ein und ich versuchte mir Mühe zu geben, meine Ex zu vergessen und nur noch positiv zu denken. Zum Schluss bat er mich:

„Wenn du zu Hause bist, melde dich, und mach keine Scheiße."

In den nächsten Tagen versuchte ich, ganz ehrlich, mich zu bessern, was mir nicht gelang, da ich wieder zu trinken anfing und Scheiße baute. Schlägereien und Anzeigen waren die Folge. Irgendwann hatte ich keine Lust mehr, zur Polizei zu gehen, weil man mir dort immer das Gleiche sagte und ich mich immer wieder weigerte, eine Aussage zu machen.

In dieser Zeit rief ich VBT an, mit dem ich mich zu einem Disco-Abend verabredete. Auf dem Weg in die Disko deckten wir uns mit Getränken ein, die wir auf dem Weg austranken, so dass wir angetrunken dort eintrafen. Vor der Bubasch-Bar wurden unsere Ausweise kontrolliert, die in Ordnung schienen, denn man ließ uns hinein. Drinnen wurde getanzt und getrunken. Es war voll und wir unterhielten uns prächtig, bis mich ein Betrunkener anmachte: „Hey du", bluffte der mich aggressiv an.

„Hast du ein Problem?", fragte ich ihn.

„Warum tanzt du mit meiner Frau?", fragte er zurück.

„Mach mal nicht so einen Stress", riet ich ihm.

„Okay, was ist los mit deiner Frau? Ich kenne

die nicht. Ich tanze hier allein mit Freunden", klärte ich ihn auf. „Oder siehst du das nicht?"

Darauf nahm der Betrunkene ein Glas von der Theke und schmiss mir dieses an den Hinterkopf.

VBT, der das sah, kam zu mir und fragte: „Alles okay, MO?"

„Ja. Ich blute nur ein bisschen."

Darauf lief VBT zu dem Deppen, packte diesen am Nacken und schubste ihn vor sich her nach draußen. „Du Depp", schimpfte er, „bist du behindert oder was ist los mit dir? Warum schmeißt du das Glas auf meinen Freund?"

Der Depp antwortete: „Halt deine Fresse!"

Da schlug ich ihm mit der Faust ins Gesicht, worauf er umfiel und dort liegen blieb.

Zurück auf der Tanzfläche meinte VBT: „Hey Bruder, wir müssen dem helfen."

„Ne, ne", widersprach ich, „der schmeißt mir ein Glas an den Kopf und jetzt soll ich ihm helfen? Lass mal gut sein."

„Dann sollten wir gehen, bevor die Polizei kommt, Bruder", beschwor mich VBT.

Als wir rausgingen, war der Mann bereits verschwunden und so machten wir uns beruhigt auf den Heimweg.

Im Taxi handelten wir einen Preis von 15 Euro

für die Heimfahrt aus und zündeten uns eine Zigarette an. Darauf öffnete ich das Fenster und beobachtete die ganzen Menschen, die grade zur Schule oder zur Arbeit gingen. „Niemals werde ich so enden wie diese Leute da draußen", stellte ich fest, „dass ich um sechs Uhr morgens an einer Haltestelle stehe und auf den Bus warte."

„Bruder", bemerkte VBT, „die Leute verdienen so ihr Geld."

„Ich will auch Geld verdienen, aber nicht so. Sondern mit Musik", sagte ich.

„Weißt du, wie teuer die ganze Scheiße da draußen ist?", gab VBT zu bedenken.

„Ja, aber jeden Tag um sechs Uhr im Büro sitzen ist nix", und ich behauptete: „Es gibt auch Arbeit, die Spaß macht, Bruder."

Als ich zu Hause ankam, ging ich direkt ins Bett, und als mein Wecker für die Schule klingelte, machte ich ihn einfach aus und schlief weiter. Meine Eltern waren zum Glück bereits bei der Arbeit, so dass ich bis nachmittags schlafen konnte. Danach machte ich mir erst mal was zu essen und beschloss, mit dem Dealen anzufangen, um Geld zu verdienen. Irgendwie musste ich ja zu Geld für meine Musik kommen und auf normale Weise wollte ich kein Geld verdienen. Daher kam ich auf diese brillante Idee, die auch Sinn machte, dachte ich mir.

6.

DROGENGESCHÄFT

Mit dem Thema Drogen im Kopf rief ich AL an, da mir bekannt war, dass dieser mit Drogen seinen Unterhalt verdiente.

„Was geht, AL?", sagte ich, als er dranging.

„Ich bin's, MO. Hast du heute Zeit? Ich muss mal mit dir reden."

„Ja, um was geht es denn?", fragte er zurück.

„Bruder, nicht am Handy", bat ich.

„Okay, ich weiß Bescheid. Sei um 22 Uhr an den zwei Spielplätzen", bat er.

Das Warten bis zum Abend fiel mir schwer, so dass ich mich noch mal schlafen legte und vorsorglich meinen Wecker auf 21:30 Uhr stellte. Als es endlich so weit war, sah ich von weitem AL auf einer Bank sitzen, wo er sich gerade einen Joint drehte.

„Alles klar bei dir, MO?", begrüßte er mich.

„Was geht ab? Warum wolltest du mit mir reden?", fragte er ohne viel Zeit zu verlieren, und so erzählte ich ihm, was ich vorhatte.

47

„AL, wir kennen uns schon lange", schloss ich meinen Bericht, „und ich weiß auch, dass du Drogen verkaufst, und vielleicht brauchst du ja Hilfe dabei. Ich möchte mir ein bisschen Geld nebenbei verdienen, da ich ein Musikvideo drehen möchte, dafür benötige ich Geld."

„Bruder", antwortete AL, „ich will, dass du keine Probleme bekommst", warnte er mich. „Du weißt, was passiert, wenn man dich erwischt."

„Ach was, Bruder. Du kennst mich doch. Glaub mir, wir werden viel mehr Geld zusammen machen können", versuchte ich seine Bedenken zu zerstreuen.

„Okay, Bruder, ich gebe dir für den Anfang fünf Gramm."

Beim Überreichen des Rauschgifts fragte er mich, wie lange ich denn brauchen würde, die Ware zu verkaufen.

„Wie viel Geld muss ich dir denn dafür geben?", fragte ich zurück.

„Weil wir uns gut kennen", antwortete er, „50 Euro, und was drüber ist, kannst du behalten."

„Gut", sagte ich zufrieden, „in zwei Tagen bin ich damit fertig. Anschließend muss du mir aber wieder was geben", bat ich.

„Bruder, pass auf dich auf und lass dich nicht erwischen", gab er mir zum Abschied noch den guten Rat, als wüsste ich das nicht selbst.

Die Drogen wurde ich schnell los. Ich verpackte die Ware in 0,8- oder 0,9-Gramm-Tüten und verlangte für eine Tüte 10 Euro, die ich auf der Straße verkaufte. Mit der Zeit enthielten die Tütchen für das gleiche Geld nur noch 0,6 oder 0,7 Gramm, damit für mich mehr Geld übrig blieb. Ich kannte die ganzen Leute in meinem Block, so dass mit der Zeit die Jungens mich aufsuchten und fragten: „Hast du was zu rauchen?"

Zwei Tage später rief ich AL an und verkündete, dass ich alles verkauft hatte, so dass wir uns wieder trafen und ich ihm die 50 Euro gab. Verblüfft fragte er, wie ich das mit dem Gewinn gemacht habe.

„40 Euro sind für mich übrig geblieben", berichtete ich stolz.

„Wie hast du das gemacht?", fragte er erneut neugierig.

„Bruder, du kennst mich doch. Die Leute wissen doch, wer ich bin und wie ich drauf bin. Ich habe den Leuten 0,5 oder 0,6 Gramm für 10 Euro verkauft."

AL lachte und gab mir 50 Gramm neues

Rauschgift, und als ich versprach, ihm die 50 Euro am nächsten Tag zu bringen, fragte er: „Warum so schnell?", und ich erklärte: „Bruder, die Leute warten darauf." Darauf fragte mich AL, ob ich nicht mehr haben wolle. „Nein, lass mal gut sein. Ich komme morgen wieder und dann reden wir darüber."

Am Abend traf ich RO, den ich fragte, wer noch Drogen verkaufe.

„Im Parkfeld ist noch jemand."

„Okay, ruf den mal an und sag ihm, du brauchst 120 Gramm HAZE."

„Warum willst du dem Jungen das alles abnehmen?", fragte er mich erstaunt.

„Ja, warum nicht? Ich bin der Einzige mit AL im Block, der dealt, und das sollen alle wissen."

Also rief RO den Jungen an und wir trafen uns vor seinem Haus. Nach dem Klingeln erschien der Junge, erstaunt über meine Anwesenheit, und seine Angst wurde greifbar, obwohl er zwei Jahre älter war als ich.

„Ach so, du kennst mich also", fragte ich aggressiv, „oder was?"

„Nein, nur vom Hörensagen."

„Hör mal zu", sagte ich im drohenden Ton, „nur ich verkaufe hier im Block. Also, was zum Teufel machst du hier? Habe ich dir nicht gesagt, du sollst damit aufhören, oder was?"

„Doch, das hast du", antwortete der Junge eingeschüchtert.

„Na siehst du. Gib mir also deine ganzen Tüten, die du dabeihast."

„MO, bitte, hör auf damit", bat RO, aber ich war so in Fahrt, dass ich dem Jungen drohte: „Denkst du, dass mich das bockt, ob du mit deinem Dealer Stress bekommst?", fragte ich ärgerlich über das Zögern des Jungen, daher bearbeitete ich ihn weiter: „Schick ihn zu mir und ich klär das mit ihm."

Überraschend antwortete der: „Nein, ich habe das von meinem eigenen Geld bezahlt."

„Ach so, noch besser, also rücke deine Tüten raus." Er gab mir darauf drei Tüten abgepacktes Rauschgift, und ich fragte: „Wo sind die andern neun Tüten, die du RO versprochen hast?"

„Ich habe nix mehr", behauptete er.

Ich glaubte ihm nicht, daher bat ich ihn: „Spring mal rauf und runter", was er tat, und tatsächlich fielen die restlichen Tüten auf den Asphalt, worauf ich den Jungen ansah und drohend fragte: „Willst du mich verarschen oder was?", und gab ihm zwei Ohrfeigen.

„Wenn du noch einmal auf den Gedanken kommen solltest, etwas zu verkaufen, ohne mich zu fragen, werde ich dich richtig kaputt schlagen", drohte ich.

„Okay, MO. Ich habe verstanden", stammelte der Junge.

Am nächsten Tag rief ich AL an und wir trafen uns, wo ich ihm die 50 Euro gab und er mich fragte: „Hey, weißt du, wer diesen Jungen letzte Nacht abgerippt hat?"

„Ja. Ich und RO."

AL schaute mich an und fragte: „Wie viel war das?"

120 Gramm, Bruder", antwortete ich stolz.

„Wo ist das Rauschgift jetzt?", fragte er, worauf ich voller Stolz antwortete: „Verkauft."

„Wie schnell verkaufst du die ganzen Drogen?", fragte AL verblüfft.

„Bruder, ich habe dir doch gesagt, dass wir viel Geld machen werden. Jetzt tut keiner mehr in unserem Block Drogen verkaufen, außer wir beide. Das heißt, dass jetzt alle Leute zu uns kommen müssen, um Drogen zu kaufen."

„Haha", lachte AL. „Gut gemacht, Bruder", lobte er mich und fragte nachdenklich: „Wie viel Geld hast du so für dich behalten?"

„Genug, Bruder. Ich könnte jetzt jeden Tag essen gehen."

Ich fing an, für meine Musik zu sparen, konnte mir zusätzlich noch einiges leisten, immer auf dem Sprung, von den Bullen beim Dealen nicht erwischt zu werden. Um das Risiko zu verkleinern, versteckte ich Drogen in einem Depot und trug immer nur so viel bei mir, als wäre es für meinen Eigenbedarf. Das ging auch drei Monate gut, bis ich irgendwann genug Geld besaß, dass ich zu AL gehen konnte und ihm mitteilte: „Bruder, ich verkauf nicht mehr. Ich habe jetzt genug Geld, um mir die Sachen für meine Musik zu kaufen."

In Frankfurt machte ich mich auf direktem Weg ins Tonstudio. Im Top Beats fragte ich, was mich das alles kosten würde, worauf ein Junge fragte: „Wie viele Lieder willst du denn machen?"

„Drei Stück und ein Video", sagte ich.

Bei 400 Euro wurden wir uns einig. Wir fingen an, meine RAP-Texte aufzunehmen, und ich ballerte meine Worte ins Mikrofon. Erleichtert sah ich anschließend zu, als der Mann meine Lieder abmischte, so dass meine Stimme klarer und lauter wurde, und anschließend brannte er alles auf eine CD, so dass ich meine ganzen drei Lieder mitnehmen konnte. Danach fuhren wir beide nach Bibrich, um das Video zu drehen. Nach sechs Stunden, mit allem Drumherum, war es fertig und ich stellte es in Youtube.

Der erste Anruf kam von VBT, der sagte: „Bruder, was für ein krankes Video hast du da gedreht?"

„Warum?", fragte ich. „Ist doch gut geworden."

„Ja, aber brutal gut", stellte er fest und gab mir den Rat: „Mach weiter so."

In dem Moment gingen meine Gedanken zu meiner Ex und ich fragte mich, was sie dazu sagen würde. Ich hatte lange nichts mehr von ihr gehört.

7.

TREFFEN MIT DER EX

Später ging ich mit RO in die Stadt. Dort wollten wir uns etwas zu trinken kaufen und sind in Richtung Stadtpark gelaufen, um uns dort mit Lena und Lou zu treffen.

„Hey MO, wie geht es euch?", wurden wir von den beiden bei unserer Ankunft begrüßt. Wir tranken Alkohol, machten Musik und chillten und waren bereits etwas betrunken, als ich meine Ex sah.

„Da muss ich etwas klären", stellte ich aggressiv fest und sagte zu Lena und Lou: „Wartet mal bitte kurz. Ich muss mit RO was bereden."

„Okay", sagten die beiden Mädchen, „wir warten auf euch."

Ich nahm eine leere Jacky-Flasche, schlug sie auf den Boden, so dass der untere Teil der Flasche kaputtging und eine scharfe Kante erhielt. Ich wollte die beiden Jungen, die meine Ex begleiteten, damit schlagen.

„Hey MO", ermahnte mich RO, „frag erst mal

nach, bevor du etwas machst, und beruhige dich bitte", bat er.

In dem Moment fingen Mel und die beiden Jungs an fortzugehen, wobei sie mich noch nicht entdeckt hatten.

Zufällig fuhr ein Auto vorbei, in dem mein Chef saß. „MO", rief mein Chef, „was willst du denn mit der Flasche?"

„Ich muss etwas klären. Meine Ex läuft dort vorn mit zwei Jungens."

„Mach keine Scheiße", rief der Chef, „hör auf mich!"

Darauf ich ihn bat: „Komm mal mit, falls etwas passieren sollte."

Er war einverstanden, und so ging ich an seinen Wagen und nahm eine Schreckschusspistole aus dem Handschuhfach, von der ich wusste, dass die dort lag. Die Waffe war geladen und so steckte ich sie in meine hintere Hosentasche. Dann lief ich Richtung meiner Ex, die mich immer noch nicht entdeckt hatte, bis einer der beiden Jungens sich umgedrehte und geflüstert meine Ex fragte, wer ich sei. Meine Ex sah nach hinten, und dann rannte sie, was das Zeug hielt, davon. Die beiden Jungens blieben stehen und wateten auf mich. Es waren zwei Kurden, die ich bei meinem Eintreffen fragte: „Was ist los mit euch?"

„Warum, was soll mit uns sein?", fragten sie erstaunt.

„Ihr chillt mit meiner Ex, ihr Pisser. Das ist los."

Einer der Jungs schubste mich, darauf ich mit der Flasche auf ihn einschlug und dem anderen einen Puschkick gegen die Brust gab, so dass er umfiel. Als die beiden Jungs auf dem Boden lagen, nahm ich die Schreckschusspistole aus der Hose, hielte sie dem einen an den Kopf und sagte: „Wenn ihr noch einmal mit meiner Ex rausgeht oder telefonieren solltet, werde ich euch suchen und umbringen."

Darauf die Jungs aufstanden und versicherten: „Okay, okay, Mo, wir lassen deine Ex in Ruhe", und schauten, dass sie fortkamen.

Zurück bei den beiden Mädchen chillten wir noch ein bisschen und lachten viel, bis es dann passierte. Da war sie, meine Ex. Sie lief direkt auf mich zu, wobei ich mit Lou am Reden war und nichts mitbekam.

„Ey MO", stupste mich RO an.

„Ja, was ist los, Bruder?", fragte ich.

„Da ist deine Ex, Mel."

„Wo?", fragte ich erstaunt.

„Genau hinter dir an der Treppe."

Und als ich mich umdrehte, stand sie da, in angetrunkenem Zustand.

„MO, kann ich mal mit dir allein reden? Natürlich nur, wenn du Zeit hast."

Darauf ich zu Lou schaute und ihr versprach: „Ich komme gleich wieder."

„Ist das dein Ernst, MO?", fragte Lou etwas perplex. „Gehst du jetzt echt mit ihr zum Reden? Schau mal, was sie alles bereits mit dir gemacht hat."

„MO, ist schon okay", sagte Mel, „ich gehe schon."

Ich konnte sie aber nicht gehen lassen, weil sie doch meine erste Liebe war und ich ihre.

RO, der alles mitbekam, bot sich an, auf mich zu warten, darauf Lou mich überraschend vor die Alternative stellte: „MO, entweder sie oder ich."

„Ich muss mit Mel noch was klären", sagte ich ihr. „Stell dich jetzt mal nicht so an."

Darauf ich die Treppe runterlief und wir beide ein Stückchen stumm nebeneinanderherliefen.

„Komm, lass uns auf diese Bank setzen", bat sie mich, und als wir saßen, fragte ich: „Was ist los? Warum willst du mich jetzt auf einmal sprechen? Wie kommt das, nach den ganzen

Monaten, wo du mich immer fortgedrückt hast?", wobei ich noch einmal merkte, dass sie, wie ich auch, angetrunken war.

„MO, ich weiß, dass wir zwei Jahre lang zusammen waren. Nun weißt du selbst, dass es mit uns zweien nicht mehr ging. Wir haben uns auseinandergelebt", erklärte meine Ex, und ich widersprach: „Du wolltest nicht mehr. Also, was willst du noch von mir?", und sie: „Wollen wir nicht einfach Freunde sein?"

Darauf ich aufstand und mit lauter Stimme antwortete: „Hör mal zu, Mel. Ich kann nicht mit dir befreundet sein, das weißt du doch. Wie oft soll ich dir das noch sagen? Wenn du mit anderen Jungen zusammen bist, dann kann ich nicht danebenstehen und denen die Hand geben, denn wenn ich trinke, würde ich diese Jungen durch die ganze Stadt treiben. Hin und zurück."

„Aber warum bist du so?", fragte sie, und ich stellte fest: „Ich bin so, wie ich bin, und daran wird sich auch nix ändern, Mel."

Sie stand auf und sagte: „Komm mal her. Umarme mich mal."

„Was soll das bringen?", fragte ich zweifelnd. „Willst du mir falsche Hoffnungen machen? Darauf habe ich keinen Bock. Morgen wirst du dich fragen, warum du überhaupt mit mir gesprochen hast. Lass mich einfach in Ruhe und fertig", bat ich. „Wir können einfach keine Freunde sein. Es geht nicht. Ich kann nicht mit dir befreundet sein, wenn ich dich noch liebe, ansonsten ich ja nie von dir loskomme. Verstehst du, was ich dir sagen will, Mel?"

„Okay, MO, das ist deine Entscheidung. Überlege es dir."

Mich bedrückte diese ganze Unterhaltung, da ich diese Beziehung mit meiner Eifersucht kaputt gemacht hatte. Sie war meine erste Freundin, ich kannte ihre Eltern, sie kannte meine, und im Nachhinein war ich, wenn ich zurückdenke, sehr unreif. Auch wenn ich damals einsichtig war, würde ich es nicht ertragen, sie mit anderen Jungen zusammen zu sehen, da ich sie noch immer liebte.

Auf jeden Fall brachte ich meine Ex noch zum Bus. Ich konnte sie in diesem Zustand doch nicht allein durch die Stadt laufen lassen. Es war dunkel, und sie war angetrunken, und so begleitete ich sie zur Haltestelle, und als ihr Bus kam, sind wir gemeinsam eingestiegen. Nach vier Haltestellen stiegen wir aus und ich sagte zu Mel: „Wenn du wieder klar im Kopf bist und du mich brauchst, kannst du mich ja anrufen oder schreiben. Ich bin immer für dich da, das solltest du wissen."

Auf dem Weg nach Hause klingelte mein Telefon: „HEU LOSSSS. Wo bist du, Junge? Ich warte die ganze Zeit auf dich", meldete sich RO verärgert.

„Bruder, ich habe Mel noch zum Bus gebracht und bin anschließend nach Hause gelaufen."

Zu Hause legte ich mich auf mein Bett und machte mir Gedanken über meine Zukunft. Ich hatte so viele Anzeigen und wusste, dass ich bestimmt bald ein Sammelverfahren angehängt bekam. Jedoch war das für mich zweitrangig und das kleinste Problem. Ich benötigte vorrangig eine normale Arbeit, bei der ich Geld verdienen konnte, und so kam ich auf die Idee, diese Arbeit bei meinem Vater zu finden. So weit ich mich erinnern konnte, hatte der immer gesagt, wenn ich gut arbeiten würde, ich den Laden von ihm führen dürfe, da mein Vater jede zweite Woche in die Türkei fliegen musste, um meine Oma zu besuchen. Da müsse jemand auf den Laden aufpassen, sagte ich mir, und warum sollte das nicht ich sein?

So beschloss ich, einfach mal mit meinem Vater darüber zu reden, was ich dann auch tat, und das war gut so.

8.

MEIN VATER

Als ich den Laden meines Vaters betrat, saß der hinter der Theke, sah mich an und begrüßte mich mit den Worten: „Na, mein Sohn, wie geht's dir denn?"

Mein Vater war nicht sehr groß, dafür hing ein Haufen Gold an ihm, wie das bei Zigeunern halt so üblich ist.

„Papa", antwortete ich, „eigentlich ist alles okay."

„Was heißt das, eigentlich alles okay?", fragte er misstrauisch. „Brauchst du Geld?"

„Nein, Papa", erklärte ich ihm, „ich brauche eine Arbeit."

Da fragte er zurück: „Wie soll ich dir jetzt helfen, mein Sohn?"

Ich nahm all meinen Mut zusammen und fragte: „Kann ich bei dir im Laden arbeiten?"

„Na ja. Eigentlich nicht. Aber lieber bist du hier anstatt draußen und baust Scheiße. Komm mal her, ich zeige dir, was du alles machen musst, denn wenn ich mal in die Türkei fliege, um nach deiner Großmutter zu sehen, musst du den Laden allein weiterführen und damit Verantwortung tragen. Und wenn du mal Probleme in meiner Abwesenheit haben solltest, kannst du deinen Onkel fragen."

Zur Info, der Laden, von dem ich spreche, ist eine kleine Bar mit acht Tischen, einer Theke und einem Extraraum, in dem man mit Geld an Automaten sowie Billard spielen und auch Pferdewetten abschließen kann. Draußen vor dem Laden standen auch Tische, die man bei gutem Wetter nutzen konnte.

Mein Vater zeigte mir also alles, auch wie die Abrechnung abends gemacht werden musste, wie die Automaten funktionieren, mit den Getränken und mit den Wetten.

Nach zwei Wochen hatte ich alles im Griff, worauf mein Vater bemerkte: „Ich habe mich bei den Kunden umgehört, wie du dich hier so machst, und sie erzählten mir, dass du sehr freundlich seist, und sie seien sehr glücklich, dass du hier arbeitest." Ein geiles Gefühl kam bei mir hoch, als mein Vater weitersprach: „Ich fliege morgen in die Türkei und, MO, du wirst auf den Laden aufpassen. Morgens schließt du auf und nachts wieder zu. Ich gebe

63

dir jetzt die Schlüssel vom Laden und dem Tresor, und wenn du Probleme haben solltest, auch bei der Getränkelieferung, ruf deinen Onkel an, wobei der manchmal auch so vorbeikommen wird, um nach dir zu sehen. Und denk dran, mein Sohn, Personen unter 18 Jahren darfst du nicht reinlassen."

„Ja, Papa." Ich nickte und fragte: „Wie ist es, wenn ich eine Veranstaltung machen will, um mehr Geld für den Laden reinzubringen?"

„Kannst du machen", sagte er großzügig.

„Okay, dann besorge ich mir noch einen Türsteher, das wirkt seriöser."

„Mach, was du willst", meinte er. „Wenn du den Laden gut führst, dann überlege ich mir, dir den Laden zu schenken. MO, ich gehe jetzt. In der Kasse sollten immer 2000 Euro liegen und in der Getränkekasse 250 Euro Wechselgeld. Und denk dran, dass am Ende des Tages du dieses Geld immer von den Einnahmen trennen musst."

„Mach dir mal keine Gedanken, Papa, ich mach das schon. Wir sehen uns dann in 14 Tagen wieder."

Und dann war es so weit. Der nächste Morgen kam und ich stand pünktlich um 10 Uhr auf und machte mich nach dem Frühstück auf den

Weg zum Laden. Dort angekommen schaltete ich den Strom ein, putzte den Boden sowie die Toiletten, kontrollierte die Kassen und machte Musik. Vom Lager aus füllte ich die Getränke im Laden auf und öffnete um 15 Uhr die Eingangstür. Als ich nach der Post schaute, rief mein Vater aus der Türkei an.

„Alles okay bei dir, MO?", fragte er und ich zeigte ihm übers Handy, was ich bisher alles getan hatte.

„Mach dir keine Gedanken", versuchte ich ihn zu beruhigen, „ich packe das alles hier schon."

Dann erschien ein Stammkunde. Alles Freunde von meinem Papa, also Türken.

„Willst du was trinken?", fragte ich ihn.

„Abi", antwortete er, was auf Türkisch Bruder heißt, „machst du mir einen Çay mit zwei Stück Zucker." Der Çay ist ein türkischer Schwarztee und schmeckt sehr gut. „Wie lange musst du arbeiten?", fragte er mich und ich antwortete: „Bis sechs Uhr morgens."

„Ohne Pause?", fragte er erstaunt.

„Warum denn Pause?", sagte ich und erklärte: „Ich will Papa doch stolz machen."

Als dieser Kunde ging, erhielt ich von ihm 1,50 Euro für den Tee.

Am Abend, so gegen 23 Uhr, war der Laden

65

voll, wobei ich alte RnB-Lieder spielte und die Leute fast alle kannte. Jeder wollte etwas von mir, und obwohl ich allein war, konnte ich alles schaffen.

Als ich dann morgens um sechs Uhr den Laden schloss und die Kasse überprüfte, stellte ich erstaunt fest, dass ich an diesem Abend einen Gewinn von 285,42 Euro gemacht hatte, was ich meinem Vater sofort über eine MSM mitteilte.

Am nächsten Morgen rief er mich an und fragte: „Wie hast du das gemacht?"

„Papa, du kennst mich doch", antwortete ich ihm stolz. „Lass dich überraschen."

Als dann mein Papa nach zwei Wochen wieder erschien, konnte ich ihm einen Umsatz von 1323,12 Euro übergeben.

„MO", sagte darauf mein Vater zu mir, „wenn du so weitermachst, dann gehört der Laden bald dir."

Nichtsdestotrotz erkundigte er sich bei seinen Bekannten und Freunden über mich, und die Kunden bestätigten ihm: „Dein Sohn arbeitet genau wie du. Er ist schnell, es macht ihm Spaß, mit den Leuten umzugehen, und wenn er weiter hier arbeitet, werde ich des Öfteren kommen, nur um mich mit ihm zu unterhalten."

Als ich später meinen Papa fragte, ob ich weiter im Laden arbeiten dürfe, meinte er: „Ja, mein Sohn, das kannst du machen, und denke daran, wenn du weiter so gut arbeitest, überschreibe ich dir den Laden", was mich so anspornte, dass ich zukünftig alles perfekt machen wollte.

„MO", fragte mich eines Tages mein Papa, „ich muss mal kurz nach Hause. Hast du was vor oder kannst du im Laden bleiben?"

„Ja, ich bleib im Laden, ich hab nix vor."

Nach einer guten Stunde rief er mich an und fragte: „MO, hast du Lust, mitzukommen?"

„Wohin, Papa?"

„In den Park, ein bisschen mit deinen Brüdern grillen."

„Wer passt dann auf den Laden auf?", fragte ich erstaunt.

„Mach dir keinen Kopf", beruhigte er mich, „ich ruf jemand an, der das macht."

„Nein, Papa, geht ohne mich, ich passe lieber auf den Laden auf und kein Fremder."

Mein Vater schien geschockt zu sein, denn er sagte: „Okay. Ich bring dir später was zu essen mit, und wenn du jetzt Hunger haben solltest, kannst du dir ja was bestellen."

Allein im Laden ging mir immer wieder meine Musik durch den Kopf, so dass ich am Abend, als mein Vater vom Grillen kam, ihn fragte: „Papa, ist es für dich okay, wenn ich in 14 Tagen wiederkomme? Ich muss mich ein bisschen um die Musik kümmern."

„Na klar", sagte der vergnügt. „Melde dich dann wieder, wenn du kannst."

9.
ERSTER TEXT

In den nächsten Tagen schrieb ich Texte über das, was alles in dieser Stadt passierte, wo ich wohne und was jeden Tag in meiner Straße vorkommt, wobei ich beim Texten immer aufpassen musste, ob sich das letzte Wort reimt, wie zum Beispiel:

ICH BIN IN DIESER STADT GEFANGEN
SO WIE EIN KALTER MANN
DENN DIESE WELT IST GRAU UND NASS
UND DIE MENSCHEN VOLLER HASS

Nach sechs Stunden war ich fast fertig und suchte in einem Internetcafé nach einem Beat, auf dem ich rappen konnte. Ich lud mir die gefundenen Beats auf mein Handy und danach auf einen USB-Stick herunter.

In dieser Zeit war ich draußen am Trinken und mit Freunden unterwegs. Zum Arbeiten bei meinem Vater hatte ich in dieser Zeit keine Lust mehr, sondern war nur drauf aus, mein eigenes Ding zu drehen, mit Musik, Partys, Trinken und Drogen. Das Rappen gab mir die Hoffnung, ein neues Kapitel in meinem Leben aufschlagen zu können.

Eines Tages war auf dem Fußballplatz ein Aushang angebracht, auf dem angekündigt wurde, dass man im Jugendzentrum am Freitag um 17 Uhr Musik machen könne. Wir hatten Freitag und es war erst 15 Uhr, so dass ich mich direkt auf den Weg dorthin aufmachte. Als ich da ankam, sah ich viele Jugendliche tanzen, andere machten Musik und wieder andere rappten. Mann, dachte ich, das ist das, was ich suche. Hier passe ich voll rein. Also ins Jugendzentrum rein, wo mich am Eingang ein junger Mann ansprach: „Hei, bist du hier, um zu rappen?"

„Ja", sagte ich und fragte weiter: „Wo soll ich mich anmelden?" Ich sah in dem Moment richtig scheiße aus, ein Ausländer mit einer Alphajacke, einer Jeans mit einem Brooklyn-Pulli und einem Boxerhaarschnitt. Wie ein Junge aus der Scheiße. Anscheinend machte es dort keinem was aus, wie man aussah, denn der junge Mann sagte: „Hier können Sie was essen und danach gehen Sie dahinten ins Zimmer."

Gesättigt machte ich mich dann auf den Weg ins hintere Zimmer, in dem ein Sofa sowie ein Mischpult mit zwei Boxen standen, dahinter ein Mikrofon und ein Stuhl.

„Alles klar bei dir?", fragte mich der junge Mann. „Wie lange machst du schon Musik?"

„Ungefähr vier Jahre schreibe ich meine eigenen Texte und suche mir Beats aus dem Internet heraus."

„Okay, hier hast du einen Stift und ein Blatt Papier", sagte er, und ich fragte: „Was soll ich damit machen?"

„Schreib einfach ein paar Stichpunkte auf und dann einen Text."

Nach einer guten Stunde war ich fertig und zeigte es ihm.

„Okay", sagte er, als er es durchgelesen hatte, „lass uns das mal aufnehmen. Da sind Kopfhörer und ein Mikrofon."

Und dann ging es los. Ich fing an zu rappen und war nach drei Minuten fertig.

„Das war ganz gut", stellte der junge Mann fest. „Ich werde es noch abmischen und dann erhältst du die CD mit deiner Musik drauf."

Zu Hause hörte ich die CD an und fand es gut. Darauf machte ich Pläne für meinen nächsten Schritt, aber so weit kam es nicht. Anstatt mich auf die Musik zu konzentrieren, ging ich Abend für Abend mit Freunden aus und verfiel wieder in mein altes Leben mit Alkohol, Drogen und Raufereien. Ich baute so viel Scheiße, dass ich meine Musik fast vergessen hatte. Ich war in einem Zustand, dass ich jeden Tag nur leben wollte, als wäre es mein letzter.

10.
POLIZEIREVIER

An einen Montagmorgen, als ich allein zum Polizeirevier musste, um eine Aussage zu machen, da ich jemanden verprügelt hatte, drückte ich auf dem Revier auf die Klingel der Eingangstür.

Aus der Sprechanlage fragte eine Stimme: „Was wollen Sie?"

„Hier ist MO 65", antwortete ich, „ich habe einen Termin heute bei Ihnen."

„Okay, kommen Sie hoch in den dritten Stock", befahl die Stimme.

Als ich dort ankam, stand jemand an einer Tür, der mich mit den Worten empfing: „Kommen Sie mit mir, hier lang."

In dem Büro, in das mich der Beamte brachte, saß ein anderer Beamter, der mir wie folgt vorlas: „Ihnen wird vorgeworfen, dass Sie am 21.03.2015 jemanden körperlich geschädigt haben. Was können Sie uns denn dazu sagen?"

„Tut mir leid, aber ich mache keine Aussage", erklärte ich dem Beamten.

„Sind Sie sich sicher?", fragte der zurück.

„Rede ich chinesisch?", fragte ich zurück. „Ich mache keine Aussage, Mann, und fertig. Kann ich wieder gehen?"

„Nein", antwortete der Polizist, „wir müssen Sie noch erkennungsdienstlich erfassen."

„Okay, dann aber schnell."

In einem anderen Raum musste ich mich an die Wand stellen, und dann machten sie noch vier Bilder von mir, nahmen meine DNA und Fingerabdrücke ab und dann durfte ich gehen.

Auf dem Weg nach draußen kam ein Beamter hinter mir her und fragte: „Sie sind der MO 65?", und als ich das bejahte, sagte ein anderer Polizist: „Kommen Sie mal bitte mit."

In einem anderen Büro fragte ich dann: „Was ist los? Ich war eben bei Ihren anderen Kollegen und habe gesagt, dass ich keine Aussage mache. Was wollen Sie jetzt von mir?"

„Ihnen wird vorgeworfen, am 11.01.2015 jemanden mit einem Messer bedroht zu haben und danach ihm noch mit einem Billardstock gegen den Kopf geschlagen zu haben."

„Hören Sie mal jetzt ganz genau zu", bat ich mit drohender Stimme. „Ich werde keine Aussage machen. Auch hier nicht. Punkt, fertig, und wenn Sie mich noch mal wegen was anderem vorladen, brauchen Sie nicht damit zu rechnen, dass ich komme. Ich werde keine Aussagen machen und fertig. Einen schönen Tag noch."

Draußen rief ich VBT an und bat: „Lass uns mal was trinken gehen, Bruder." Ich erzählte ihm von der Vorladung bei der Polizei, worauf er fragte: „Bruder, warum machst du denn keine Aussage, Mann?"

„Ich lass mich nicht von den Bullen verarschen, verstehst du mich?"

„Bruder, du bist ein Freund von mir, und ich will nicht, dass du in den Knast gehst."

„Bruder, mach dir mal keinen Kopf um mich, Mann. Ich hab genug davon, lass uns lieber was trinken gehen und sehen, was der Abend noch bringt. Du musst jeden Tag leben, als wäre es der letzte."

Wir machten uns Richtung Stadt auf, als wir auf RO trafen, der fragte: „Was geht ab?"

„Nix, nur chillen und in meinen Geburtstag reinfeiern", antwortete ich.

„Mit wem denn alles?", fragte RO.

„Gleich kommen drei Mädchen, mit denen wir trinken gehen möchten."

Und da waren sie, die drei Mädchen, alle zwischen 20 und 23 Jahre, perfekt für uns drei

Jungen, wie ein Jackpot.

„Das ist Angi, das meine andere Freundin Lisa, und ich bin Michelle", stellten sich die drei vor.

Danach gingen wir in den Park, um zu feiern, als Lisa mich nach einer Zeit fragte, ob wir etwas abseits gehen könnten.

„Okay", sagte ich und wir machten uns mit unseren Gläsern davon. Wir gingen schweigend nebeneinander, als sie meine Hand nahm und fragte: „Hast du eine Freundin?"

„Nein, ich bin Single. Ich hatte eine Freundin, mit der ich fast zwei Jahre zusammen war. Aber es hat dann nicht mehr geklappt."

„Okay", stellte sie fest und fragte: „Wie findest du mich? Bin ich dein Typ oder so?"

„Ja, schon", antwortete ich, und sie fragte, für mich überraschend: „Willst du mich küssen?"

Beim Küssen merkte ich, dass ich das nicht konnte. „Wir kennen uns erst seit ein paar Stunden", erklärte ich, „und ich habe keinen Bock, dich zu verletzen. Verstehst du, was ich meine? Ich habe so viel Scheiße mit meiner Ex erlebt, dass ich über diese Beziehung noch nicht hinweg bin. Wenn du willst, können wir uns ja gerne öfter treffen."

Zurück bei den anderen, sagte RO zu mir:

„MO, du hast in 15 Minuten Geburtstag, dann ist es 00:00 Uhr. Willst du hier im Park deinen Geburtstag feiern oder in der Schischa-Bar?"

„Haben wir denn genug Geld dabei?", fragte ich, und so zählten alle ihr Geld. Die drei Mädchen besaßen zusammen 60 Euro, VBT und RO zusammen 45 Euro und ich noch 65 Euro, so dass 170 Euro zusammenkamen.

„Das reicht locker für Getränke, Chips und zwei Wasserpfeifen", stellte ich fest.

In der Schischa-Bar ergatterten wir in einer dunklen Ecke einen Tisch für uns allein, nachdem wir unsere Ausweise an der Pforte zeigen mussten. Es roch nach LED und Gras.

Ich füllte die Pfeife mit Wasser und fragte in die Runde: „Welchen Geschmack soll ich beigeben? Ich kann euch Mango, Kirsche, Kokos, Apfel, Erdbeere und Zitrone anbieten."

Wir einigten uns auf Apfel und bei der Bedienung bestellten wir Wodka. Wir tanzten, rauchten die Wasserpfeife und soffen, bis es 23:59 UHR wurde und wir die letzten fünf Sekunden runterzählten, so dass sie mir um Mitternacht alle gratulieren konnten.

Es wurde ein geiler Abend, den wir um 3:45 Uhr beendeten, und alle gingen nach Hause.

11.

STAATSANWALT-
SCHAFT

Es war ein schöner Morgen, als mich die Polizei mit einem Anruf zu Hause erreichte.

„MO, ich möchte, dass Sie heute um zehn Uhr beim Polizeirevier vorbeikommen", meldete sich am anderen Ende der Leitung die Staatsanwältin.

„Was wollt ihr jetzt schon wieder von mir?", fragte ich verärgert.

Darauf die Staatsanwältin nur knapp antwortete: „Kommen Sie doch bitte."

„Ja", antwortete ich aggressiv, „fuck mich doch nicht ab. Ich komm doch."

Nach ein paar Stunden meldete ich mich dort und die Staatsanwältin bat mich in ihr Büro, wo sie bereits auf mich gewartet hatte.

Ich nahm auf einem Stuhl Platz und fragte: „Was ist los? Warum bin ich wieder hier?"

„Sie sind hier, weil ich mit Ihnen reden will",

sagte sie leise und sah mir in die Augen.

„Na, dann reden Sie doch", bat ich gelangweilt.

„MO", stellte sie darauf fest, „Sie machen viel zu viel Mist und hören überhaupt nicht damit auf. Sie waren vier Wochen im Jugendarrest und haben nichts daraus gelernt."

„Ja", antwortete ich, „so ist es halt. Was soll ich machen?"

Und dann sagte sie zu mir: „Ich habe mit dem Gericht gesprochen, damit Sie noch einmal vier Wochen in einen Jugendarrest kommen."

„Wie, was ist los mit euch?", fragte ich entsetzt. „Was habt ihr alle für Probleme? Seid ihr auf den Kopf gefallen oder was ist los?"

„Passen Sie auf, wie Sie reden", warnte mich die Staatsanwältin.

Darauf stand ich auf und antwortete: „Passen Sie auf, dass ich Sie draußen nicht mal erwische. Geben Sie mir den Zettel in Ihrer Hand", befahl ich, „ich muss wissen, wann ich die Haft antreten muss."

„Sollte das eben eine Drohung sein?", fragte die Staatsanwältin leise.

„Nehmen Sie es so, wie Sie wollen", antwortete ich.

Darauf gab sie mir den Zettel und entließ mich

mit der Drohung: „Das ist Ihre letzte Chance. Wenn Sie danach wieder etwas anstellen, landen Sie für ein paar Jahre in einer Jugendstrafanstalt, das verspreche ich Ihnen."

„Ja, ja, ciao, ich werde so bleiben, wie ich bin", erklärte ich beim Hinausgehen.

Draußen galt mein erster Anruf RO, mit dem ich mich dann traf. Wir gingen wieder etwas trinken, und er bedauerte mich als guter Freund ob der neuen Inhaftierung.

Scheiße, dachte ich, fuck drauf, ich werde diese vier Wochen wieder absitzen und anschließend wieder chillen.

Als ich später meine Mutter anrief und ihr von meinem Missgeschick erzählte, erschien sie am nächsten Tag bei mir. „Wann musst du rein?", fragte sie mich.

„In zwei Tagen, Mama. Wieder für vier Wochen."

„Okay", sagte sie darauf. „Hast du alle deine Sachen, die du brauchst?"

Als ich das bejahte, nahm mich meine Mutter in ein anderes Zimmer und wir setzten uns gegenüber.

„MO", fragte sie mich und sah mir traurig in die Augen, „warum machst du denn das alles? Was ist bloß los mit dir, Junge? Warum bist du auf einmal so geworden?"

„Mama", versuchte ich sie zu trösten, „es ist nix mit mir. Ich weiß nicht warum, aber ich bin halt so, wie ich bin, und es wird sich auch daran erst mal nix ändern. Und es ist gut, dass ich wieder in den Jugendarrest gehen muss, da ich Scheiße gebaut habe, das weiß ich und werde dafür auch gradestehen."

„Was hat die Polizei …", fragte sie mich etwas beruhigter, da sie anscheinend durch meine Einsicht etwas Normales an mir entdeckt zu haben glaubte, „also, was hat die Polizei denn noch zu dir gesagt?"

„Die haben gesagt, das wäre jetzt meine letzte Chance. Wenn ich danach nicht aufhöre, mich so zu verhalten, würde ich für ein paar Jahre in einen Jugendknast kommen, was ich aber nicht glaube."

„MO, bitte, mach keine Scheiße mehr, ändere dich bitte. Und wenn du da wieder rauskommst, so bin ich immer für dich da. Vergiss das nicht, okay?", bat mich meine Mama inständig und flehend. „Ich fahr dich auf jeden Fall morgen dahin."

Bei dieser Aussprache empfand ich meine Mutter als komisch und wusste nicht warum. Wahrscheinlich weil ich wieder in den Knast musste und mich über die Sorgen schämte, die ich meiner Mutter bereitete.

12.

ZWEITER JUGEND-ARREST

Vor dem Arrest nahm ich meine Mutter in den Arm und tröstete sie, dass es doch nur für vier Wochen sei.

„Okay", antwortete sie bedrückt und bat mich: „Pass auf dich auf und halte dich an die Regeln. Ich werde dir schreiben und dich auch nach diesen vier Wochen mit deinem Bruder zusammen abholen."

Danach nahm ich meine Nike-Tasche und lief zum Tor. Dort klingelte ich, und jemand aus der Sprechanlage fragte, wer ich sei und was ich wolle.

„Mein Name ist MO und ich muss meine vier Wochen Arrest hier absitzen."

„Ha, ha", machte der Beamte fröhlich, wobei es sich für mich eher höhnisch anhörte, „auf Sie haben wir schon gewartet."

Dann ging das Tor auf und ich warf einen letzten Blick auf meine Mama, in ihr trauriges Gesicht, und dann winkte sie mir noch einmal zu, bevor sich hinter mir das Tor schloss, so dass ich wieder in diesem Zwischenraum gefangen blieb, bis sich eine andere Tür automatisch öffnete, wo zwei Beamte mich in Empfang nahmen. Im hinteren Zimmer musste ich mich wieder ausziehen, meine Sachen aus der Tasche nehmen und alles in einen extra Korb legen. Mit diesem Korb brachte mich der Beamte über den Hof zu Block B in meine Zelle. Dort legte ich meine Sachen zuerst auf mein Bett und machte das Fenster auf, da ich glaubte, damit meine Zelle vergrößern zu können. In dieser Zelle gab es kein Radio und keinen Fernseher, und ich fragte mich, warum ich mich in der Vergangenheit wieder so blöd verhalten habe, dass ich wieder hier landen musste. Ich packte meine Sachen in den Holzschrank, setzte mich auf das Bett und fragte mich wieder und wieder, warum ich so dumm bin, um noch mal, und diesmal zum zweiten Mal, hier drinnen zu sitzen. Mann!

Nach einer Weile gab es die Durchsage, dass es um 13:30 Uhr Hofgang gebe. Ich zog meinen Jogginganzug an und wartete 45 Minuten, bis meine Zelle aufging und ich zum Beamten bemerkte: „Okay, wird auch mal Zeit."

Auf dem Hof traf ich einen Bekannten von draußen. „Hey Bruder, alles klar?", begrüßte ich ihn. „Wie lange bist du bereits hier?"

„MO", sagte der überrascht, „was geht, Bruder? Ich bin seit zwei Wochen hier. Und du?"

„Seit eben und habe vier Wochen bekommen."

„Ich auch", stellte der andere fest, „und weil ich bereits zwei Wochen hier bin, komme ich auch in zwei Wochen wieder raus, Bruder, dann werde ich die Freiheit genießen", gab er an, worauf wir beide lachen mussten.

Nach einer Stunde gingen wir wieder rein, und um 17 Uhr gab es das Abendessen mit sechs Scheiben Brot und 20 Gramm Butter. Mehr nicht, wobei es an guten Tagen noch zwei Scheiben Putensalami oder auch mal einen Joghurt gab. Darauf folgte der lange Abend, und man wusste nichts mit der Zeit anzufangen. Ich ging ans Fenster und schaute raus, auf andere vergitterte Fenster und Mauern mit Drähten. Meine Uhr hatten sie mir ebenfalls abgenommen, so dass für mich die zeitlosen Tage begannen.

Morgens um sechs hieß es aufstehen und Zelle säubern. Nach 20 Minuten wurde ich diesmal vom Anstaltsleiter kontrolliert, ob das Bett keine Falten aufwies, denn würde er eine finden, hätte man mir meine Freizeit gesperrt, wobei das auch kein Sport und kein Hofgang hieß, nur duschen. Als der Anstaltsleiter meine Zelle betrat, bat er mich: „Nehmen Sie mal ein Stück Toilettenpapier und wischen Sie damit unter Ihrem Bett und zeigen es mir."

„Warum?", fragte ich. „Was ist los mit Ihnen? Haben Sie mal auf die Uhr geguckt?"

Darauf er unwirsch befahl: „Jetzt los, machen Sie das."

Ich wischte und musste es ihm anschließend zeigen, worauf er feststellte: „Okay, gut. Ziehen Sie sich jetzt an und dann erhalten Sie Ihr Frühstück."

Meine Zellentür fiel ins Schloss und ich durfte mich wieder auf den Stuhl setzen oder auch auf dem Boden sitzend warten, nicht auf dem Bett.

Nach einer Weile ging die Klappe auf und man schob mir das Frühstück rein, das ich am Fenster stehend gegessen habe. Beim Teetrinken fing ich an zu schnüffeln. „Das riecht doch nach Drogen", stellte ich fest. „Da kenne ich mich aus. Wie geht das, dass jemand so was hier hereinbekommt?", dachte ich.

Als ich dann duschen ging, traf ich dort meinen Zellennachbarn, den ich fragte: „Hey, hast du Krass?", wobei das in der Kanakensprache das OTT bedeutet.

„Ja", antwortete der, „warum?"

„Mann, das riecht man bis in meine Zelle."

Darauf löste mein Nachbar von seinen Nike-Schuhen die Sole und holte daraus kleine Tüten heraus.

„Krass", stellte ich fest. „Brich mal was ab", bat ich, worauf er ein Stück abbiss und es mir reichte. „Hast du Feuer?", fragte ich, was er verneinte. „Okay, aber wie sollen wir das denn rauchen?"

„Um 16:30 Uhr bekommen wir wieder eine Kanne Tee. Da machst du ein bisschen davon in deinen Becher, lässt es 20 Minuten ziehen und dann trinkst du es."

Nach einer Stunde merkte ich, wie es anfing zu wirken, und damit glitt ich in meine eigene Welt.

Nach vier Wochen brach dann auch für mich der letzte Tag in dieser Einrichtung an. Ich packte meine Sachen zusammen, putzte die Zelle und ein Beamter schloss nach einer Weile auf und teilte mir mit: „Okay, Sie können jetzt gehen."

Ich wurde noch einmal kontrolliert, und bevor

ich die Einrichtung endgültig verlassen konnte, stellte einer der Beatmen fest: „Wir werden uns bestimmt wiedersehen."

„Ach was", antwortete ich, „geh lieber rein und labere mich nicht voll. Okay, ich bin jetzt wieder frei. Also fuck mich nicht ab, und wir werden uns nicht mehr sehen. Bevor ich hier noch mal reinmuss, gehe ich in den Jugend-vollzug und sitze dort ein paar Jahre ab. Aber es wird nicht so weit kommen, das schwöre ich."

Danach öffnete ich die Tür und rief: „CIAO!"

13.

Zurück auf der Straße

Wie versprochen, warteten mein großer Bruder sowie meine Mutter vor dem Vollzug auf mich. Ich öffnete die Autotür und fragte beim Einsteigen: „Na, alles klar bei euch?"

„Alles okay, und bei dir?", fragte meine Mutter besorgt und erkundigte sich: „Und wie geht's dir, hast du Hunger?"

„Wie soll es gewesen sein?", fragte ich zurück, als mein großer Bruder mich dasselbe fragte. „Das zweite Mal da drinnen ist immer noch scheiße. Viel nachdenken musste ich und bin froh, wieder zurück zu meinen Freunden zu dürfen, was ich niemals erwartet hätte."

Misstrauisch stellte ich fest, dass mein Bruder nicht auf die Autobahn fuhr, sondern die Landstraße nahm.

„Wohin fahren wir denn?", fragte ich, und meine Mutter antwortete: „Du bleibst mal ein paar Wochen bei mir und danach kannst du wieder zu deinem Bruder."

„Das ist nicht euer Ernst", sagte ich entsetzt. „Ich komm grade aus dem Knast und jetzt soll ich zu dir? Das ist ja genauso wie im Knast", stellte ich fest und fragte: „Was soll ich denn da oben in diesem Kackdorf machen? Ich bin an die Großstadt gewöhnt, Mann."

Dann wurde mir jedoch klar, dass ich die Arschkarte gezogen hatte und sie das ernst meinten. Ich war so abgefuckt, dass ich beschloss, einfach mitzugehen, einen auf „Okay, na gut" zu machen und anschließend weiterzusehen.

Bei meiner Mutter angekommen, wartete bereits meine große Schwester auf uns, die ich fragte: „Gibt es hier irgendwo einen REWE oder so was in der Art?"

Wir alle kamen seinerzeit aus großen Städten, als meine Mutter auf ein Dorf zog.

„Ja, hier gibt es einen Getränkemarkt, den man zu Fuß in zehn Minuten erreichen kann", erklärte mir überraschend meine Schwester.

Und als ich mich auf den Weg dorthin machen wollte und sie mich begleiten wollte, sagte ich entsetzt: „Nein, lass mal. Ich muss bisschen allein sein."

„Okay", sagte sie, „aber trink nix. Kennst du dich denn überhaupt hier aus?"

„Ne, aber ich finde zurück, versprochen."

Anschließend ging ich zu meiner Mutter und fragte: „Hast du mal 20 Euro für mich?"

„Ja, für was brauchst du das Geld?", fragte sie, und als ich erklärte, mir etwas zu essen holen zu wollen, griff sie in ihre Geldbörse, wobei ich sie von der Seite her betrachtete und dachte: „Mama schaut krank aus." Als sie mir die 50 Euro anstatt wie von mir verlangt 20 Euro in die Hand drückte, dachte ich: „Jackpot."

Beim Getränkemarkt, den ich nach 30 Minuten fand, kaufte ich eine Wodkaflasche sowie ein Päckchen Marlboro. Die Kassiererin verlangte 16,49 Euro und wollte meinen Ausweis sehen.

„Meinen Ausweis wollen Sie sehen?", fragte ich. „Ich bitte Sie. Wir sind hier in einem Kuhdorf, da wo ich herkomme, ist der Park so groß wie euer ganzes Dorf. Ich habe keinen Ausweis, ich komme gerade aus dem Knast", drehte mich um und ging.

Ich suchte eine Bank, um zu trinken und zu rauchen, fand aber keine. „Das kann doch nicht wahr sein", dachte ich, „bei uns in der Stadt gibt es an jeder Ecke eine Bank." Als Ersatz setzte ich mich auf eine Mauer und trank dort meinen Wodka.

Gegen 22 Uhr rief ich zu Hause an. Mein Bruder nahm ab und fragte sofort: „Was ist los und wo bist du? Mama macht sich Sorgen."

„Junge, Mann", antwortete ich ärgerlich, „ich komm doch, aber ich bin grade irgendwo auf einer Mauer am Chillen."

„Ich weiß, wo du bist", stellte mein Bruder fest, „ich komm vorbei."

Nach einer halben Stunde war er da und fragte: „Warum trinkst du wieder?"

„Mir ist langweilig. Ich kenne hier niemand. Gerade aus dem Knast in so ein Kaff. Das verkrafte ich nicht."

Mein Bruder setzte sich neben mich und meinte verständnisvoll: „Komm, wir trinken gemeinsam und dann gehen wir in so eine kleine Discothek. Nichts Besonderes in dieser Gegend."

Gegen 23 Uhr landeten wir vor einer Disco, die von außen recht klein aussah. Kein Türsteher, nix dergleichen. Wir gingen rein und setzten uns an einen Tisch. Mein Bruder bestellte zwei Jacky-Cola mit Eis. Wir tranken und irgendwann musste mein Bruder auf die Toilette. Auf dem Weg dorthin schubste ihn ein weißer Glatzkopf. Mein Bruder drehte sich um und fragte: „Was ist los mit dir?"

Der Typ antwortete: „Halt deine Fresse."

Darauf nahm mein Bruder sein Glas in die Hand und wollte zuschlagen. Ich musste dazwischengehen, da mein Bruder doch auf Bewährung in Freiheit war. Ich erwischte den Typen am Hals und schmiss ihn durch die Eingangstür. Als ich mich über ihn beugte und ein Hakenkreuz in seinem Nacken sah, nahm ich seinen Kopf und schlug ihn gegen die Wand, so circa drei Mal.

Auf einmal kamen drei weitere Typen auf uns zu, wahrscheinlich seine Freunde, darauf auch mein Bruder aus der Disco erschien und fragte: „Soll ich dir helfen?"

Ich war so besoffen, dass ich antwortete: „Nein, Mann. Guck mal, was ich mit denen jetzt anstelle. Du hast mich noch nie kämpfen gesehen."

„Also zeig, was du kannst, Rambo", forderte mich mein Bruder auf.

Als dann der eine Typ angerannt kam, ging ich einen Schritt nach rechts, er donnerte an mir vorbei, und ich schlug ihm mit der Faust auf die Schläfe, so dass er bewusstlos am Boden liegen blieb. Einem anderen Typ, der sich mit einem Baseballschläger auf den Weg zu mir machte, rannte ich entgegen und traf ihn mit einem großen Aschenbecher, die vor den Türen standen, an der Nase, so dass auch der umfiel. Als der dritte Junge versuchte zu fliehen, war ich mit sieben oder zwölf Schritten bei ihm, trat ihm beide Beine weg, so dass er hinfiel. Danach wollte ich mich stolz zu meinem Bruder begeben, um mich an seinem Erstaunen zu weiden, dabei drehte ich mich vorsorglich noch einmal um, und da sah ich aus den Augenwinkeln, dass der Erste, den ich niedergestreckt hatte, aufstand und telefonierte. Da rannte ich zu ihm, gab ihm noch einmal mit der Faust drei Schläge auf die Nase, so dass er wieder umfiel und liegen blieb.

Mein Bruder, der auf mich zugerannt kam, rief: „Komm schnell, wir müssen hier weg, die Bullen kommen!"

Als wir vor unserem Haus standen, bemerkte mein Bruder: „Krank, ich wusste gar nicht, dass du dich so schlagen kannst."

„Ja, was sollten wir machen, als der Kerl zu dir sagte: Halt die Fresse, du Wixer, Mann, und hing noch dran, außerdem bist du noch auf Bewährung draußen, deswegen habe ich das gemacht. Lieber komme ich anstatt du in den Knast, da ich noch nicht so viele Vorstrafen wie du habe."

„Okay", schlug mein Bruder vor, „lass uns

rauf zu Mama gehen und was essen."

Als wir die Wohnungstür aufschlossen, empfing uns unsere Mutter mit der Frage: „Wo
wart ihr so lange?"

„Was trinken", antwortete mein Bruder, „und
da habe ich noch ein bisschen mit MO gere-
det", log er, worüber ich froh war, da ich nur
noch ins Bett wollte, so fix und fertig war ich.

14.

ZEITUNGSARTIKEL

Am Morgen danach machten wir beide, also mein Bruder und ich, uns Gedanken über den gestrigen Abend. „Hoffentlich erfährt Mama nix davon", bemerkte ich.

„Mach dir kein Kopf, MO, keiner kennt dich hier", behauptete mein Bruder.

„Hoffentlich."

Als meine Mutter nach einer Weile bei uns im Zimmer erschien, fragte sie als Erstes: „Was habt ihr gestern denn gemacht?", und schaute mich an.

Beide antworteten wir, wie aus einem Mund: „Nix."

„Wart ihr gestern nicht in der Discothek?"

„Von wo weißt du es denn, Mama?", fragte ich erstaunt.

Meine Schwester, die mit einer Zeitung ins Zimmer kam, sagte: „Hier, lest mal."

Schlägerei in einer Diskothek, stand da, **es**

wird nach zwei männlichen Personen gesucht. Gott sei Dank ohne Bilder von uns.

Und dann passierte gar nichts mehr, bis ich nach drei Monaten einen Brief von der Polizei erhielt, mit einer Anklage wegen schwerer Körperverletzung. Ich rief meinen Bruder an, der keine Zustellung erhalten hatte, und so nahm ich die Schuld auf mich.

Nach zwei Monaten musste ich zur Kripo, bei denen ich die ganze Geschichte mit der ersten Provokation der Jungens erzählte und dass ich mich nur gewehrt habe und auch meinen Bruder nicht erwähnte.

„MO, Sie wissen, dass die drei Leute schwer verletzt im Krankenhaus liegen."

„Keine Ahnung", sagte ich wahrheitsgemäß.

„Wollen Sie mir sagen", fragte darauf der Polizist, „dass Sie drei Leute alleine zusammengeschlagen haben und zwei davon bewusstlos?"

„Ja, ich war voll Alkohol und betreibe zusätzlich Kampfsport. Ich war das ganz alleine, Mann", antwortete ich etwas aggressiv. „Was wollen Sie denn noch?"

„Wir brauchen Ihre DNA", wollte der Polizist, und ich fragte: „Warum?"

„Weil Sie ein Intensivtäter sind", erklärte man

97

mir.

Mein Bruder, dem ich später von meinem Besuch bei der Polizei erzählte, meinte: „MO, du musst das nicht alles auf dich nehmen."

„Doch, Mann, mach dir kein Kopf jetzt."

In der darauffolgenden Zeit war ich nur noch besoffen und voller Drogen, und als ich einmal auf dem Heimweg am Bahnhof ankam, gab es eine verbale Auseinandersetzung mit so einem fetten Jungen, der mir eine scheuerte, worauf ich ein Messer aus der Hosentasche zog, zustach und ihn am Arm traf.

Nach drei Minuten war die Polizei da und ich warf das Messer in einen Gully. Sie wollten meinen Ausweis und das Messer sehen.

„Was labern Sie da? Ich habe kein Messer", behauptete ich, und RO, der danebenstand, bat mich: „MO, bleib leise."

Aggressiv antwortete ich: „Nein. Was wollen die von mir?", und forderte die Polizisten auf: „Dann durchsuchen Sie mich doch."

Und als sie nix fanden, sagte einer der Bullen zu mir: „Wenn ich heute Abend noch mal was von Ihnen höre, nehmen wir Sie in Gewahrsam."

„Ja, ja, Sie mich auch", antwortete ich, worauf der Polizist völlig ausflippte und schrie: „Was haben Sie gesagt?", und lief mit seinem Schlagstock auf mich zu.

Ich empfing ihn mit der Faust gegen seine Brust, und der andere Bulle traf mich mit dem Handschuh am oberen Auge, so dass ich eine kleine Platzwunde davontrug.

RO und ich flüchteten und zwei Stunden später warteten wir auf einen Bus, der uns nach Hause bringen sollte, als ein schwarzer BMW neben uns hielt und ich das Blaulicht übersah. Ich wollte gerade aufstehen, um meine Jacky-Dose fortzuschmeißen, als noch drei Autos mit Blaulicht ankamen und acht Beamte gezogene P99-Waffen auf mich richteten.

Sie schrien: „Auf den Boden!", und ich schrie zurück: „Nein, niemals! Kommt doch her!", worauf ein Schlagstock von hinten meine Beine traf, ich auf dem Boden landete, so dass mich die Polizei in Gewahrsam nehmen konnte.

Am nächsten Morgen wurde ich, ausgenüchtert, wieder entlassen, und die nächste Anzeige erfolgte, so dass ich auf einen Gerichtstermin mit einer Sammelklage wartete.

15.

DAS GERICHT

Es war so weit. Mein Gerichtstermin war für heute beim Amtsgericht anberaumt. Es war der 27.04.2015.

Mit meiner Mutter und meinem Stiefvater machten wir uns auf den Weg zum Gericht, wobei mich meine Mutter auf dem Weg noch inständig bat: „Bitte mach keinen Mist", und ich sie beruhigte: „Mama, hab keine Angst. Da passiert schon nix, Mann."

Als wir dort ankamen, warteten bereits RO und noch ein paar Freunde auf uns, so wie viele Fremde, die den Prozess verfolgen wollten.

„MO, dein Anwalt steht dort neben deinem Onkel", sagte meine Mutter, und als wir sie begrüßten, empfing mich mein Anwalt mit den Worten: „MO, wir hatten bereits einen Termin, an dem Sie nicht erschienen sind. Jetzt haben wir nur noch zwei Minuten Zeit, um uns zu besprechen, bevor das Gericht uns holt."

„Warum bin ich denn eigentlich angeklagt?",

fragte ich den Anwalt.

„Sie sind wegen 19 Delikten angeklagt und erhalten damit ein Sammelverfahren."

„Muss er denn in den Knast?", fragte meine Mutter, und der Anwalt antwortete: „Es kann sein, dass er heute in Untersuchungshaft muss."

Darauf nahm ich meine Mutter in den Arm und bat sie: „Mama, mach dir keinen Kopf, es wird schon nicht so schlimm werden."

In diesem Moment ertönte der Lautsprecher: „Hiermit ist die Verhandlung gegen MO eröffnet."

Als wir den Saal betraten, waren alle Blicke auf mich gerichtet. Die Richterin fragte: „Sind Sie MO 65?" Das bejahte ich und sie fragte darauf weiter: „Wissen Sie, warum Sie heute hier sind?", und ich antwortete: „Nein, keine Ahnung, wenn ich ehrlich sein soll."

„Sie sind angeklagt wegen Gefangenenbefreiung, Körperverletzungen, davon in vier Fällen wegen schwerer Körperverletzung und in zwei Fällen mit Waffenbesitz, dreifachem Raub, Fahren ohne Fahrerlaubnis, Beleidigungen mit Sachbeschädigung in Tateinheit sowie Beleidigungen mit Sachbeschädigung und Körperverletzung."

Als die Richterin fertig war, legte ich los: „Sie lesen ja alles vor, was an dem und dem Abend war. Was soll ich denn damit?"

Nach vier Stunden Verhandlung bat mein Anwalt um eine Pause, damit er sich mit seinem Mandanten beraten könne. Die Verhandlung wurde für fünf Minuten unterbrochen.

„MO", sagte mein Anwalt zu mir, „so wie ich Ihren Fall einschätze, denke ich, dass man Sie in Untersuchungshaft nehmen wird."

„Niemals", sagte ich empört. „Warum denn?"

„Wegen einer Wiederholungs- und Fluchtgefahr", erklärte mir der Anwalt.

Als wir uns wieder zu der Gerichtsverhandlung begaben, vorbei an meiner Mutter, die mit den Tränen kämpfte, und drei Beamten, die vor der Tür warteten, schlug mein Herz immer schneller, und als der Staatsanwalt mich ermahnte: „Herr MO, so geht es nicht weiter", fragte ich: „Was denn, Mann? Was wollen Sie denn? Ich habe ja zugegeben, dass ich es war. Was wollen Sie denn noch?"

„Die Verhandlung zieht sich jetzt bereits seit sechs Stunden hin und wir werden heute zu keinem Urteil kommen."

Mein Herz schlug nun noch schneller, und dann ging die Tür auf und die zwei Justizbeamten, die vor der Tür gewartet hatten, erschienen.

Meine Mutter weinte und schüttelte den Kopf, worauf auch ich anfing zu weinen und meinen Anwalt fragte: „Was wollen die hier? Sind die vielleicht wegen mir hier?"

„Ja, MO. Bleiben Sie ganz ruhig, MO."

Der Justizbeamte klatschte einen roten Haftbefehl vor mir auf den Tisch und die Richterin fragte mich: „Wollen Sie noch irgendetwas sagen, bevor Sie in Untersuchungshaft gehen beziehungsweise in den Knast?"

Darauf fing meine Mutter an zu schreien und mein Stiefvater und Onkel nahmen sie in den Arm.

Ich erhob mich und teilte der Richterin mit: „Ja, ich will noch etwas sagen. Warum muss ich in den Knast? Was bringt das denn?"

„Weil Sie eine Gefahr für die Gesellschaft bedeuten", antwortete sie.

„Mann", sagte ich, „Sie kennen mich erst seit fünf Stunden. Wie können Sie das wissen?"

Die Richterin stand auf, ohne mir zu antworten,

und verkündete: „Die Verhandlung ist geschlossen. Die nächsten Termine in diesem Fall setzen wir für den 21.05.2015, den

02.06.2015, den 23.06.2015, und am 17.07.2015 wird das Urteil gefällt. Die Verhandlung ist geschlossen, Sie können nun alle gehen, außer Sie, MO."

Der Beamte wollte mir die Handschellen anlegen, worauf ich mich erbost umdrehte und zischte: „Fass mich nicht an oder wir klären das anderenorts!"

Ich wollte meiner Mutter noch mal Tschüss sagen, aber die Richterin erlaubte es nicht.

Am 17.07.2015 wurde über mich geurteilt, nach drei Monaten Untersuchungshaft. In dieser Zeit habe ich immer dran gedacht: Hoffentlich komme ich hier bald wieder raus, und war entsetzt, als ich das Urteil hörte. Damit hatte ich nicht gerechnet. Mein Leben war von heute auf morgen einfach nix mehr wert. Nicht weil ich im Knast saß, sondern weil man mir meine Freiheit nahm.

16.

DAS URTEIL

Um sechs Uhr morgens ging meine Zellentür auf und der Beamte befahl: „Aufstehen, fertigmachen. Um acht Uhr werden Sie zum Gericht gefahren. Wenn Sie fertig sind, gehen Sie vor zur Pforte und ziehen Ihre eigenen Kleider an."

Ich bin aufgestanden, habe mir die Zähne geputzt, meine Haare gekämmt und mein Gesicht gewaschen. Danach drückte ich die Notrufanlage und teilte mit, dass ich fertig sei.

„Okay, wir holen Sie ab", wurde mir mitgeteilt.

Die Zellentür ging auf, ich musste mich mit den Händen an die Wand stellen und der Beamte durchsuchte mich. Danach ging es zur Pforte, wo man mir meine Kleidung aushändigte. Bevor es losging, legte man mir Fuß- und Handschellen an und ich musste so zum Justizwagen laufen, in dem drei Beamte sich neben mich setzten.

Als wir am Gerichtsgebäude ankamen, brachten sie mich in eine Zelle im Keller, in der eine Alutoilette und ein Bett auf einem gefliesten Boden standen.

Nach vier Stunden ging es dann los. Man legte mir wieder die Hand- und Fußfesseln an und auf dem Weg in den Gerichtssaal nahmen mich zwei Beamte in ihre Mitte. Auf der Treppe entdeckte ich meine Mutter, die weinte, in Begleitung meines Stiefvaters und meines Bruders. Die Beamten nahmen mir die Handschellen ab und mein Anwalt fragte mich, ob alles okay sei.

Gleich am Anfang eröffnete mir die Richterin: „MO", sagte sie, „Sie sind in 16 Fällen schuldig gesprochen worden. Das Gericht hat sich beraten, wie es jetzt mit Ihnen weitergehen soll."

„Okay", antwortete ich, „wie geht es denn jetzt mit mir weiter? Ich bin nun seit vier Monaten in Untersuchungshaft und ich weiß jetzt, was es heißt, eingeschlossen zu sein."

„Herr MO", meinte die Richterin verständnisvoll, „ich kann Sie verstehen. Aber schauen wir mal, was der Staatsanwalt dazu zu sagen hat."

Und dann sagte der Staatsanwalt ganz laut und

deutlich: „Sie sind schuldig, Herr MO 65."

Und ich sagte ungeduldig: „Ja, wie oft soll ich das noch bestätigen? Ich weiß es doch."

Darauf richtete der Staatsanwalt das Wort an die Richterin: „Ich bestehe drauf, dass der angeklagte MO 65 eine Jugendhaftstrafe von zwei Jahren und zwei Monaten bekommt."

Ich schaute nach meiner Mutter, die weinte, als ob es regnete. Darauf fragte ich meinen Anwalt: „Haben die einen Lattenschuss oder was? Ich bin das erste Mal angeklagt."

Darauf stand der Anwalt auf und schlug der Richterin vor: „Was halten Sie denn für eine angemessene Strafe, die der Angeklagte erhalten soll?", und fing an, von meinem Leben zu erzählen, und schloss mit folgendem Vorschlag: „Nachdem mein Mandant die ganzen Straftaten eingeräumt hat, bitte ich, dass man meinem Mandaten die zweijährige Strafe auf Bewährung erteilt."

Darauf zog sich das Gericht zur Beratung zurück und ich musste wieder in den Keller, wo mich mein Anwalt niedergeschlagen vorfand.

„MO", sagte er zu mir, „es tut mir leid, aber ich glaube nicht, dass wir eine Bewährung erhalten. Ich habe mit Ihren Eltern gesprochen und ihnen meine Einschätzung mitgeteilt. Ihre

Mutter nimmt das alles sehr mit."

„Bitte versuchen Sie zumindest, dass ich heute nach Hause kann. Bitte", bettelte ich.

„Wir gehen jetzt hoch, um uns das Urteil anzuhören, dann sehen wir weiter."

Im Gericht bat uns die Richterin: „Erheben Sie sich", und dann war es so weit. Ich stand da, nervös mit meinen Handschellen, als die Richterin sagte: „Der Angeklagte MO 65 wird in 16 Fällen für schuldig gesprochen. Das Gericht hat beschlossen, den jungen Mann mit einer Jugendstrafe von zwei Jahren und vier Monaten ohne Bewährung zu verurteilen. Im Namen des Volkes verurteile ich Sie daher zu zwei Jahren und vier Monaten Jugendarrest", las die Richterin vor.

„Was soll das?", rief ich empört und entsetzt in den Saal. „Was ist los mit Ihnen? Warum denn das? Was wissen Sie überhaupt von mir? Denken Sie, dass ich im Knast eine Ausbildung oder sonst was mache? Niemals!"

Ich war so aufgebracht, dass, als der Beamte mich abführen wollte, ich mich umdrehte und zischte: „Fass mich nicht an, Mann, ich will mich nur noch von meiner Mutter verabschieden."

Eine Minute gab man mir, in der ich meine

weinende Mutter umarmte. „Mama", bat ich, „mach dir keine Gedanken. Ich liebe dich, vergiss das nicht."

17.

Die Haft

Meine Vorstellung von einer Strafanstalt war, dass ich es dort schwer haben würde und mich mit den anderen Insassen schlagen müsste, um mich zur Wehr zu setzen.

Als wir dann dort ankamen und durch die vielen Schleusen gingen, um den Innentrakt der Gefängnisanlage zu erreichen, kamen wir in eine parkähnliche Anlage mit grünem Rasen, Bäumen und geteerten Wegen, in der Gänse herumliefen, wo die Gefangenen ihre tägliche Freizeit draußen verbrachten, erklärte mir der Beamte. Ein großes Schachbrett, auf dem man im Stehen spielen musste, sowie Steintische, an denen die Gefangenen Karten spielten, machten mir Mut, dass es hier doch nicht so schlimm zugehen würde wie befürchtet. Drei vierstöckige Gebäude mit vergitterten Fenstern, die mittig im Gelände lagen, zeigten mir, wohin ich als Gefangener hinkam. Seitlich grenzte ein Flachbau das Gelände ab, in dem, wie ich später feststellen konnte, die Küche lag.

Ich kam in das mittlere Gebäude, wo in jedem Stockwerk zwei Wohneinheiten lagen. Man lieferte mich im ersten Stock linker Hand ab, wo ich nun meine über zweijährige Strafe absitzen musste. Die Zellen reihten sich um einen mittigen Aufenthaltsraum, wo ein großer wuchtiger Tisch mit Bänken sowie ein Billardtisch standen. Links vom Tisch ging es zu einer kleinen Küche, wo sich die Gefangenen etwas kochen konnten, und gleich neben der Eingangstür lag das Büro der Betreuerin dieser Gruppe.

Ich sah zehn Zellen mit offenen Türen, in denen Jugendliche sich aufhielten, und auf einer offenen Zellentür stand mein Name.

Als man mich dann in meiner Zelle einschloss, klopfte es plötzlich an der Wand. Ich öffnete das Fenster und fragte in Richtung meines Nachbarn: „Was ist los? Wer bist du, Bruder? Was geht denn, Mann?" Darauf er mir berichtete, dass er der Junge sei, den ich von der Straße in meinem Viertel kannte. Was für ein Zufall, dachte ich glücklich und fragte: „Wie lange bist du schon hier?"

„Seit sieben Monaten, und du?"

„Soeben eingetroffen, und man hat mir zwei Jahre und vier Monate gegeben, Bruder."

Nach einer Weile ging die Zellentür auf und man brachte mir mein Essen, das ich gemeinsam mit dem anderen Gefangenen im Aufenthaltsraum einnehmen durfte. Dort umarmte mich mein Zellennachbar und wir lachten anschließend viel, während wir aßen, da wir uns lange nicht gesehen hatten. Dabei fanden wir es komisch, dass wir uns gerade hier im Knast wiedertrafen.

Als wir fertiggegessen hatten, schloss man uns wieder ein, so dass wir am Fenster unsere Unterhaltung weiterführten.

Um 15:30 Uhr kam die Durchsage von der Stunde Hofgang, für den ich mir vier Zigaretten stopfte. Draußen lief alles perfekt ab. Ich stellte mich den anderen Gefangenen vor und wir verabredeten uns für die Freizeit, die von 16:45 Uhr bis 18:30 Uhr ging, zum Kochen, Billardspielen, Rauchen, TV-Sehen, Kartenspielen und Kaffeetrinken. Dieser Tagesablauf sollte mich zukünftig tagein und tagaus begleiten. Morgens um sechs hieß es aufstehen, und nach dem Frühstück teilte man mich zur Arbeit in die Mahlabteilung ein, wo ich bis Mittag eine Zelle weißen musste.

18.
FÖRDERPLAN

Mit der Zeit stellte ich fest, dass es im Jugendknast vorrangig um Maßnahmen ging, damit
wir Jugendlichen nach unserer Entlassung uns
in die Gesellschaft eingliedern konnten, so
dass wir nicht mehr straffällig werden. Also
Fördern anstatt Strafe. Nach vielen Gesprä-
chen mit Sozialarbeitern und Psychologen
wurde entschieden, dass ich fünf Therapien
durchlaufen sollte, die da wären: Drogen, Alkohol sowie Arbeitseingliederung, Aggressi-
onstraining und Erlernen eines Berufes. Bei
der Arbeit habe ich mich für den Metallbau
entschieden.

An diesen Förderplan habe ich mich gehalten
und alle Maßnahmen durchlaufen.

Mit der Zeit gefiel mir das Leben im Gefängnis, aber dass ich in meiner Zelle eingeschlossen wurde, das war die Hölle auf Erden, wobei
ich mich nach einer Weile auch daran gewöhn-
te. Es war eigentlich wie draußen, ein Alltag
mit morgens arbeiten gehen, essen und Freizeit

sowie Freundschaften. Halt nur ohne Drogen und Alkohol. Am Anfang war es hart, aber danach leicht. Man muss sich alles der Reihe nach aufbauen und sich Respekt verschaffen. Na ja, damit hatte ich keine Probleme.

Als ich nach acht Monaten alle Therapien bestanden hatte, steckte ich mir das Ziel, mich zu ändern, um draußen ein normales und straffreies Leben führen zu können. Und so beschloss ich, mir eine Liste aufzustellen, was ich erreichen und wie ich das draußen umsetzen kann. Keine Drogen nehmen und keinen Alkohol trinken, so Sachen waren es, die ich aufschrieb, und wer hätte das je gedacht, dass ich von mir aus mir solche Ziele setzen würde? In der Zwischenzeit erhielt ich auch Besuch von meiner Familie und Freunden. Mit der Zeit fing ich auch an, meine Zelle zu schmücken, und strich sie in Orange an. Ich besaß einen TV und einen CD-Player. Es war nicht viel, aber ich kam damit gut klar. Einmal im Monat konnte ich für 80 Euro einkaufen, mit dem Geld, das ich mit meiner Arbeit im Arrest verdiente.

Ich habe die Zeit im Gefängnis gut genutzt, finde ich, und viel gelernt, das ich in Freiheit anwenden möchte.

19.
Entlassung

Nach knapp zwei Jahren Haft und guten Voraussetzungen erhielt ich die Nachricht, dass ich im November 2016 vorzeitig auf Bewährung nach Hause dürfe. Ich freute mich wie verrückt, wobei ich Bewährungsauflagen erhielt. So musste ich draußen meine Ausbildung fertig machen und mich bei einem Bewährungshelfer regelmäßig melden. Das alles wurde auf einem Papier festgehalten, das ich unterschrieb.

Zum Schluss gab mir meine Sozialarbeiterin noch mit: „Jetzt müssen Sie sich nur noch bis zu Ihrer Entlassung benehmen."

„Natürlich", versprach ich und fragte: „Darf ich meine Mutter anrufen und ihr mitteilten, dass ich im November nach Hause komme?"

Als ich dann abends in meiner Zelle war, machte ich mir einen Plan, was ich draußen der Reihe nach machen wollte: Ausbildung fertig machen, einen Autoführerschein, meine

Musik weiterentwickeln, nicht mehr trinken und keine Drogen mehr nehmen und, und, und. Ich wollte nur noch raus, wobei sich die Zeit der letzten fünf Wochen zog, und so aufgeregt, wie ich war, musste ich mich in den letzten Tagen richtig zusammenreißen.

Ich hatte in diesen letzten Wochen im Gefängnis noch viel gelernt, was ich noch alles in die Freiheit mitnehmen wollte. Die Therapien haben mir geholfen, so dass ich mich verändert hatte, und fand es gut so. Ich schwor mir, ab sofort ein straffreies Leben führen zu wollen.

Auch das Schreiben dieses Buches fand ich gut und ich habe mir vorgenommen, wenn ich draußen bin, ein zweites Buch zu schreiben und dieses erste Buch meiner Richterin als Geschenk zukommen zu lassen.

Erschienene Knast-geschichten

1. Buch
Gefühle sterben nicht
von Sakua

… Der Alkohol war der beste Freund meines Vaters, und wenn er abends nach Hause kam, war ständig schlechte Stimmung und die Angst in der Familie vorprogrammiert. Es wurde laut und die Aggressivität unerträglich, was meine Mutter am meisten zu spüren bekam. Schläge und Tritte musste sie ertragen, wobei sie geweint und geschrien hat und ich, mit meinen vier Jahren, ständig zittern musste.

2. Buch
Ein roher Diamant
von Moi Boy

… Irgendwann im 21. Jahrhundert gab es einen Jungen namens Canny, der sein ganzes Leben weggeworfen hat, um seinen Ruf bei seinen Jungs in seiner Hood nicht kaputt zu machen. Es hatte alles ganz harmlos angefangen. Canny war ein Dealer aus einem Frankfurter Randbezirk.

3. Buch
Mein Freund, der Dschihadist
von Furkan Kaya

Ich erinnere mich heute noch genau an den Tag, als alles anfing. Ich war bereits einschlägig vorbestraft, und da kam eines Tages ein junger Mann auf mich zu und begann mit mir zu sprechen. Wir rauchten zusammen eine Zigarette nach der anderen, als er fragte: „Bist du Moslem?"

„Ja, bin ich, aber in Deutschland geboren."

Es war ein kurzes Gespräch, doch ich wusste, dass ich diesen Jungen wiedersehen würde, und hätte nie damit gerechnet, was danach noch alles auf mich zukommen sollte.

4. Buch
Rapper MO 65
von Winterstein

„MO", sagte die Richterin, „Sie sind in sechzehn Fällen schuldig gesprochen worden. Das Gericht hat sich beraten, wie es jetzt mit Ihnen weitergehen soll."

„Okay", antwortete ich, „wie geht es denn jetzt mit mir weiter? Ich bin nun seit vier Monaten in Untersuchungshaft und ich weiß jetzt, was es heißt, eingeschlossen zu sein."

„Herr MO", meinte die Richterin verständnisvoll, „ich verstehe Sie. Aber sehen wir, was der Staatsanwalt zu sagen hat."

Und dann sagte der Staatsanwalt ganz laut und deutlich: „Sie sind schuldig, Herr MO 65", und ich sagte ungeduldig: „Ja. Wie oft soll ich das noch bestätigen?" Darauf der Staatsanwalt das Wort an die Richterin richtete: „Ich bestehe drauf, dass der Angeklagte MO 65 eine Jugendhaftstrafe von drei Jahren und zwei Monaten bekommt."

Ich sah nach meiner Mutter, die weinte, als würde es regnen. Darauf ich meinen Anwalt fragte: „Haben die einen Lattenschuss oder was?"

…